IL MULINO A VENTO

Collana di narrativa per ragazzi

GRUPPO EDITORIALE
RAFFAELLO

Editor: *Paola Valente*
Redazione: *Emanuele Ramini*
Progetto grafico e copertina: *Mauro Aquilanti*
Impaginazione: *Giacomo Santo*
Approfondimenti e schede didattiche: *Ivonne Mesturini*
Ufficio stampa: *Salvatore Passaretta*

Iª Edizione 2014

Ristampa
7 6 5 4 3 2 2021 2020 2019 2018 2017 2016

e–mail: info@ilmulinoavento.it
http://www.grupporaffaello.it
Printed in Italy

CERMET
SISTEMA DI GESTIONE CERTIFICATO
QUALITÀ UNI EN ISO 9001:2008

Roberto Morgese

Un'amicizia... in ballo

Storia di un'integrazione
a suon di musica

Un ringraziamento all'Opera Nomadi Nazionale
e in particolare a Mirko Sulejmanovic, per la gentile traduzione.

Mi ha subito fatto paura

La prima volta che l'ho visto mi ha subito fatto paura.

Ne avevo già incontrati altri in giro, per strada o davanti al supermercato, ma non avevo mai avuto a che fare con uno di loro da vicino.

Così però è la vita: quando meno te lo aspetti, ti capita una cosa strana e sorprendente e spesso si tratta di un brutto scherzo del destino. Quella volta è toccato a me.

Elvis non era un qualunque ragazzino zingaro: era il mio nuovo compagno di classe e, prima o poi, ne ero certo, mi sarebbe capitato di doverci condividere qualcosa. Un compito, un disegno, un gioco durante l'intervallo: l'occasione non sarebbe certo mancata. Sentivo una specie di presentimento che mi metteva in allarme, sapevo che se l'iniziativa non fosse partita da me, ci avrebbe pensato qualcun altro. La Giusti, la nostra prof di matematica, ad esempio. Un'insegnante che non ha mai accettato che tra noi compagni ci fosse qualcuno "messo da parte", come diceva sempre lei.

Già! Mi aspettavo che soprattutto da una "fissata" come lei sull'amicizia e tutto il resto, sarebbe partita una qualche stramba e pericolosa proposta di "accoglienza"(giusto per usare una delle sue espressioni preferite o, per meglio dire, uno dei suoi tormentoni). Non che quell'insegnante non avesse buone ragioni per le sue manie sui "buoni rapporti tra coetanei", soprattutto in una classe spesso in competizione e diffidente come la nostra, ma il pensiero della nuova situazione che si sarebbe presto presentata in aula non mi allettava. Anzi! È inutile: quando una persona non va giù, non si riesce a sopportarla neppure facendo ricorso alla migliore buona volontà! Si blocca lì e non la si digerisce manco con l'acqua gassata.

Luigia, ad esempio: ce la metteva sempre tutta per riuscire ad essere in assoluto la più antipatica della classe. Ad ogni minimo errore dei compagni correva a fare la spia ai prof, con quella sua vocetta gracchiante. Di Luigia però non ho mai avuto paura e ogni tanto le ho rifilato qualche sgambetto senza farmi scoprire, tirando fuori poi una faccia angelica, mentre invece dentro di me sghignazzavo.

Ma con Elvis?

Be' con lui sarebbe stato sicuramente tutto diverso; anzi, io stesso sarei stato diverso con lui, e mi aspettavo che con un tipo di quel genere in classe qualcosa di grave o di brutto sarebbe prima o poi successo.

Non si trattava di una mia fissa; intendo dire che non è che io ce l'avessi con gli zingari per partito preso, ma avevo i miei buoni motivi per non aver fiducia in loro. E non ero l'unico a dirlo. Tanto per iniziare mia nonna: fin da piccolo mi ha sempre ripetuto che "gli zingari portano via i bambini". Io non le ho mai creduto del tutto, ma neppure me la sono mai sentita di darle completamente torto. Ogni volta che incontravo una donna zingara ad un semaforo o in metropolitana, la vedevo circondata da un gruppetto di marmocchi sporchi, e in più di una occasione mi sono chiesto se fossero davvero tutti figli suoi o di chissà chi.

E poi bastava ascoltare un telegiornale o una qualunque trasmissione impegnata (una di quelle in cui c'è gente seduta come in un salotto, che anziché parlare di argomenti divertenti, fa l'elenco delle disgrazie successe) per rendersi conto che c'erano spesso di mezzo gli zingari quando accadeva qualcosa di brutto: furti, sparizioni...

Nonostante tutte queste mie paure e la mia gran voglia di ignorare e rifiutare la situazione, utilizzando la vecchia ma efficace tattica dello struzzo, io mi trovavo inesorabilmente a scuola, senza alcuna via di fuga e senza poter fare proprio niente contro la "bella" novità: c'era un nuovo compagno in classe, ed era proprio uno zingaro!

"Speriamo che da ragazzi non siano così terribili come da adulti!" mi sono detto subito.

***

Elvis se ne stava lì, in piedi, a testa bassa, di fianco alla prof.

Il bidello lo aveva appena accompagnato in classe e per noi era stato come un fulmine a ciel sereno, come una scarica a 10 000 volt, come una doccia fredda; insomma un vero e proprio sasso nel melmoso stagno di quella barbosa lezione sulle radici quadrate.

La Giusti ci aveva anticipato due giorni prima la notizia, ma tutti avevamo preferito pensare che il fatto sarebbe avvenuto molto in là nel tempo o che forse non sarebbe mai avvenuto.

Era già girata voce che la bella idea di inserirlo da noi, in seconda C, fosse partita proprio dalla nostra prof di matematica, e il preside non si era certo lasciato scappare l'occasione. Quale altro insegnante avrebbe provato tanto piacere a cacciarsi da solo nei guai? Così il nostro dirigente aveva soddisfatto la richiesta della Giusti senza alcuna esitazione.

D'accordo che ti può capitare una tale sfortuna nella vita, ma addirittura andarsela a cercare mi sembrava troppo! Per giunta senza neppure consultare noi alunni. Chi gliel'aveva detto che noi avremmo gradito la "bella sorpresa"?

Elvis era ancora lì, in piedi, con lo sguardo rivolto al pavimento, mentre la Giusti ordinava al bidello di procurare velocemente un banco e una sedia in più.

Ma che premura!

La prof si diceva davvero contenta di avere un nuovo arrivato. Certo cercava di far arrivare a noi il messaggio di accoglienza, ma le parole entravano e uscivano dalle mie orecchie senza lasciare traccia. Era ciò che stava sicuramente accadendo anche agli altri: eravamo tutti impegnati a scrutare Elvis.

I suoi capelli neri e lucidi come le piume di un merlo probabilmente non conoscevano da tempo uno shampoo come si deve. Non riuscivo a vedere il colore dei suoi occhi. Quando finalmente ha alzato lo sguardo da terra, due profonde lance nere mi hanno trapassato. Forse è stata solo una mia impressione, forse non mi ha neppure fissato, ma io ho provato questa sensazione. Non è del tutto vero che ho avuto paura dal primo momento che l'ho visto. È più esatto dire che l'ho avuta dal primo momento in cui lui ha guardato me!

Sbirciandolo da dietro la testa di Marco, ho riconosciuto subito nel suo volto le stesse caratteristiche che avevo già notato per strada in ragazzi come lui: viso magro e orecchie un po' a sventola, naso sottile e faccia non proprio pulita. Aprendo la bocca avrebbe probabilmente mostrato una dentatura con qualche buco o qualche dente nero.

I suoi jeans e le sue scarpe erano simili ai miei, ma quel maglione di lana verde e grossa, un po' corto sulla pancia data la sua notevole altezza, mostrava chiaramente che Elvis non aveva sotto né maglietta, né canottiera. Dai polsini del maglione spuntavano le mani magre e graffiate, con dita lunghe.

"Sembrano fatte apposta per rubare" ho pensato subito.

– Elvis è arrivato da poco in Italia o forse è meglio dire che è tornato qui da poco, perché lui è nato nel nostro paese.

Vero Elvis? – ha esordito la prof raccontando la sua storia. – Be' voi conoscete il suo nome... cosa aspettate a dirgli il vostro? Anzi inizio io: mi chiamo Rosella Giusti e sono la professoressa di matematica e scienze. Ora tocca a voi.

A turno abbiamo pronunciato il nostro nome. Io, con finta indifferenza, ho sputato fuori in fretta il mio, nella speranza di non essere notato da lui.

Nel frattempo il bidello è rientrato con banco e sedia.

– Dove li metto?

In quel momento è scattato un vero e proprio panico, simile ad un terrore diffuso in ogni angolino del corpo. Forse la prof si aspettava che qualcuno di noi facesse un segno per dimostrare la propria disponibilità ad avere di fianco il nuovo arrivato.

Ingenua!

Con i banchi raggruppati a coppie ed essendo in classe in numero pari, le soluzioni non potevano essere che due: o Elvis se ne stava da solo (cosa che speravamo tutti), oppure si attaccava ad una coppia già esistente. Nessuno di noi ha fatto però il minimo accenno a dare spazio, anzi cercavamo tutti di essere invisibili. Si è trattato di un tempo durato pochi secondi, vissuto però con il fiato sospeso.

Poi il verdetto della Giusti è calato sulla classe come una mannaia sulla vittima in un film dell'orrore. Ma soprattutto... è calato sul mio collo!

Dove poteva mai essere sistemato un compagno alto e nuovo arrivato, se non in ultima fila? Da quel posto non copriva la visuale verso la lavagna e la cattedra.

– Lo sistemi là, di fianco a Nico – rispose infatti la prof al bidello.

La frase sembrava detta con noncuranza e leggerezza, ma il messaggio che la Giusti mi indirizzava era suonato dentro di me con il tono di un ricatto. Senza bisogno che mi parlasse direttamente, ho udito le seguenti testuali parole: *"Non t'azzardare a manifestare il minimo segno di rifiuto, altrimenti te la vedi con me e al più presto!"*

Ovviamente io, povero alunno soggetto al potere dell'insegnante, non ho protestato, ma ho ingoiato in silenzio quel boccone; forse ho perfino fatto involontariamente il rumore tipico della deglutizione, senza rendermene conto.

Gli occhi dei miei compagni invece hanno espresso un misto di sollievo e di compassione nei miei confronti.

Il bidello ha messo vicino a me il suo banco, mentre io ostentavo un sorrisetto, poco convinto.

Non sapevo neppure che lingua parlasse Elvis e se capisse qualcosa di italiano. Era nato in Italia, ma a che età se ne era andato? In realtà sembrava aver compreso la domanda della prof perché aveva risposto annuendo, ma forse aveva risposto a senso.

E adesso come dovevo comportarmi? Dovevo essere io a fare il primo passo?

Non me la sentivo, ero troppo intimorito, ma non volevo darlo a vedere, né a lui, né agli altri, né all'insegnante. Solo a me stesso potevo confessare la mia paura.

"Speriamo che sia una sistemazione provvisoria" ho pensato tra me.

– Nico, oggi Elvis non sapeva che cosa portare a scuola, quindi prestagli tu dei fogli e una penna.

– Va bene prof.

Elvis ha guardato le mie mani tremolanti e nervose che staccavano un foglio dal quadernone ad anelli. Stavolta ero io a tenere la testa bassa.

Mentre gli passavo frettolosamente una penna di scorta dall'astuccio, i nostri sguardi si sono incrociati per un istante, senza che né io né lui dimostrassimo alcuna traccia di benevolenza nei confronti dell'altro.

– Grazie.
– Prego – ho risposto brevemente.
Due secondi dopo, una terribile puzza di sigaretta è arrivata alle mie narici: di certo aveva appena fumato.

Capitolo 2

Uno non decide di nascere zingaro

Uno non decide di nascere zingaro, però è lui che decide se mettersi in bocca una sigaretta oppure no. Per quale motivo lo doveva fare un ragazzino come me? Elvis aveva un anno più di noi, ma nessuno di terza media fumava. Forse voleva fare il bello e darsi delle arie.

Comunque, qualche giorno dopo, il nuovo arrivato era già assente e la nostra insegnante ci ha raccontato tutto quello che sapeva su di lui.

La sua famiglia era arrivata in Italia dalla ex Jugoslavia molti anni prima, quando lì si stava combattendo una guerra atroce tra etnie. La nazione si stava dividendo in tanti stati che, guidati da capi e militari senza scrupoli, perseguitavano le minoranze. La famiglia di Elvis era stata presa di mira, per cui era fuggita in Italia. Appena arrivati avevano vissuto da "clandestini", cioè senza permesso, in attesa che nella loro patria fosse finita la guerra. Nel frattempo la famiglia si era ingrandita e, oltre ai due figli maggiori, un maschio e una femmina, erano nati Elvis e, dopo di lui, due fratelli gemelli. Davvero in tanti per non essere notati! Ricacciati nel loro paese dalla polizia italiana, erano ritornati solo recentemente con un permesso in regola, da rinnovare però continuamente.

Elvis sapeva già un po' di italiano e ora riprendeva a studiarlo a scuola dopo qualche anno.

La Giusti ci ha poi invitato a farle domande per toglierci ogni eventuale curiosità sul conto del nuovo compagno, perché, secondo lei, "conoscere significa già un po' comprendere".

Allora ci siamo “sfogati”, nel limite di quello che avremmo potuto fare con la prof.

– Perché non ha mai il suo materiale scolastico? Non può comprarselo? – ha subito chiesto Luigia. Come nella sua migliore tradizione, non aveva aspettato neppure un minuto per dimostrarsi la più antipatica. Quella volta però aveva ragione: Elvis non portava mai niente con sé e tutto ciò che usava era frutto di una colletta tra il nostro materiale di scorta e quello che gli metteva a disposizione la scuola, o meglio i professori.

Simone, invece, che era sempre “firmato” e alla moda dalla testa ai piedi, aveva ovviamente notato il suo abbigliamento alquanto semplice.

– E perché non si cambia mai? – aveva chiesto.

Se la Giusti avesse messo il banco di Elvis di fianco a quello di Simone, lui avrebbe cambiato scuola il giorno dopo o forse gli sarebbe venuto un attacco isterico. A pensarci bene, probabilmente sarebbero accadute entrambe le cose.

Mara, invece, con la sua esagerata mania di far sempre tutto perfetto e di essere una scolara modello, ha voluto sapere:

– Perché fa così tanti errori se è italiano?

A quel punto la prof ci ha raccontato qualcosa di più: la famiglia di Elvis non era ricca, quindi non poteva permettersi tutto ciò che abbiamo noi, e lei riteneva giusto e doveroso da parte nostra aiutare il compagno e soprattutto non fargli notare le differenze rispetto a noi.

– Loro – ha aggiunto, – per tradizione non usano molto la scrittura. Non sono abituati a mettere le parole nero su bianco; quindi è normale che Elvis faccia degli errori, soprattutto se deve scrivere in una lingua che non è la sua.

Poi è partito un discorsetto interminabile su questa popolazione (non sapevo fosse un popolo, mi immaginavo che fossero famiglie sparse qua e là), sulle loro antiche origini, sulla loro religione, e di nuovo sulle loro innumerevoli sfortune nel corso della storia...

A me una cosa era rimasta molto chiara in testa: nessuno di noi era autorizzato a chiamare Elvis e la sua famiglia "zingari". Non era il nome giusto ed era ritenuto offensivo da loro. La parola corretta da quel momento in poi sarebbe stata "nomadi" o più precisamente "rom".

Questo termine l'avevo già sentito in tv, ma, sinceramente, non l'avevo mai usato.

Devo allora aver sgranato gli occhi in maniera esagerata, infatti la Giusti mi ha subito beccato.

– Che c'è Nico? Hai fatto una faccia spaventata, come se avessi paura. Ti intimorisce Elvis?

– No, no, figuriamoci – mi sono affrettato a rispondere, sfoderando un sorrisetto sfrontato e da impavido. Non avevo proprio nessuna intenzione di far sapere a tutti che invece era davvero il contrario; che quelle poche volte che il mio sguardo incontrava il suo, così pieno di mistero, mi sentivo come se mi si ghiacciasse il sangue nelle vene. Lui sembrava così lontano da me, lo sentivo diverso, quasi superiore, perché mi pareva di essere più piccolo vicino a lui.

Credo che nessuno dei miei compagni sia stato sincero con l'insegnante, così come non lo sono stato io. Le domande poste, all'apparenza così ingenue, nascondevano in verità i discorsi e le lamentele che erano già abbondantemente circolate tra noi in quei giorni, durante l'intervallo.

– Non ho più penne nell'astuccio. Devo per forza farmi prestare la nera perché la mia l'ho dovuta "regalare spontaneamente" al nuovo compagno. Regalare? Eh sì, perché la Giusti ha detto "prestare", ma io ho capito subito che sarà un prestito senza ritorno.

– Già, e noi che dobbiamo fare? Mantenerlo tutto l'anno?

– Ma avete sentito che odore ha addosso?

– Per forza, non si cambia mai. È qui da due settimane e ha sempre la stessa roba!

– Guarda, non dirlo a me, che ogni tanto la Giusti mi mette vicino a lui per aiutarlo a finire il suo lavoro...

– E tu fai come me: non dire subito che hai finito l'esercizio, così te ne stai tranquillo al tuo posto.

– Tu che ne dici Nico?

Quella volta avevo risposto con un semplice "bah" di sufficienza, come se non avessi dato troppa importanza a quei discorsi.

Io ero considerato un po' quello "forte" nella mia classe, e per questo anche gli altri ci tenevano a sapere il mio parere. Ogni volta che si formava una squadra per qualunque gioco, in palestra o in cortile, mi facevano fare il capitano, oppure mi sceglievano per primo. La stessa cosa succedeva quando ci trovavamo al campetto nel pomeriggio o di sabato per fare una partita a pallone o un giro in bici. Mi piaceva dimostrare quell'aria di sicurezza in tutte le situazioni, e per la verità non ero un tipo che aveva paura. Non ne ho mai provata quando ho avuto a che fare con altri come me. Se mi scontravo con quelli più grandi mi veniva un po' di timore, ma in genere non lo davo mai a vedere. Per esempio, quando incontravo al campetto Claudio, quello di terza media che aveva già i baffi ed era un vero prepotente, preferivo evitarlo.

– Tanto quello non capisce niente! – dicevo agli altri mentre ce ne andavamo.

– Sì, hai ragione. Andiamo a giocare da un'altra parte.

Mai perdere la faccia, mai fare una figuraccia. Questo era il mio motto.

Avevo anche un certo successo con le ragazze della classe: non per niente ero l'unico che veniva invitato a tutte le feste di compleanno delle femmine. Non mi divertivo molto, soprattutto perché quelle a un certo punto si mettevano a fare balletti e altre cose del genere, ma io portavo sempre il mio gioco elettronico tascabile e organizzavo dei mini–tornei con qualche amico invitato.

Al termine della conversazione su Elvis, appena è suonata la campanella dell'intervallo, la Giusti mi ha chiamato alla cattedra. Conoscendola ormai da più di un anno, immaginavo il motivo di quella "convocazione": quando accadeva, significa che voleva avere con me un momento "riservato", per indagare su qualche cosa che avevo detto o che avevo fatto e che lei aveva prontamente notato.

– Va tutto bene, Nico?

– Sì... perché?

– Mi sembri un po' strano da qualche giorno, più o meno da quando è arrivato in classe Elvis.

– No... no, va tutto bene.

– Sei sicuro che non hai nulla da dirmi?

– Perché me lo chiede?

– Così... voglio che tutti stiano bene.

– Io sto bene, prof.

– Allora non vorresti che io spostassi di banco Elvis?! Non ti dà fastidio averlo lì.

È sorprendente. È davvero sorprendente la "potenza" del pensiero.

Primo. Come diavolo ha fatto la Giusti a scovare, tra tutti i miei pensieri, proprio quello che io cercavo di nascondere più degli altri e che non ho voluto confessare neppure ai miei compagni, neppure a Gabriele, che è il mio migliore amico da sempre?

Secondo. Come facevano i pensieri a essere così veloci? Nell'arco di quel milionesimo di secondo che doveva separare la sua domanda dalla mia risposta per non far trasparire alcuna incertezza, ho dovuto decidere se scaricare il mio problema della vicinanza con Elvis addosso a qualcun altro, attirandomi così la sua feroce antipatia e mettendo quindi in discussione la mia fama di "duro" della classe, oppure se tenermi il mio problema.

– No, no, prof, per me è tutto ok. Non c'è nessun problema... – ho quindi risposto quasi istantaneamente.

– Grazie! Sai, non avevo dubbi e sapevo di poter contare su di te per avere una mano nell'inserimento del nuovo compagno. So che sei un ragazzo generoso, ma ho voluto lo stesso chiedertelo di persona. Ora vai pure a giocare.

Terzo e ultimo. Come facevano i pensieri ad essere, a volte, così in contraddizione? Dopo quella chiacchierata, infatti, mi sentivo esattamente diviso in due. Da una parte c'era la metà con il sangue raggelato dallo sguardo di Elvis, quella che sapeva già che avrebbe fatto di tutto per tenere l'intruso a distanza, dall'altra c'era invece la metà che non voleva assolutamente dimostrarsi debole e che avrebbe cercato di accontentare le aspettative dell'insegnante.

Insomma, in una parola, mi sentivo "dilaniato".

Sono andato a giocare con gli altri e, mentre uscivo in corridoio, una frase che prima non mi sarei mai neppure sognato di dire mi ha attraversato la mente e mi è uscita di bocca.

– Speriamo che quest'anno finisca in fretta!

Capitolo 3

Provare pietà?

"E se invece dovessi provare pietà per lui?" mi sono chiesto, pensando a Elvis, che sedeva accanto a me.

Si è presentato ancora vestito allo stesso modo, ma la faccia e le mani erano belle pulite. È entrato alle nove, invece che alle otto come tutti noi. Aveva appena aperto la porta dell'aula e fatto capolino, che subito la Grandi, la prof di italiano, lo ha invitato a sedersi.

– Oh, ciao Elvis, sei arrivato finalmente. Mettiti al tuo posto! – gli ha detto un po' brusca.

Che alla Grandi la presenza di un nuovo alunno non andasse del tutto a genio non era un mistero per nessuno in seconda C. Lo avevamo capito tutti. Forse non ce l'aveva proprio con Elvis né contro i nomadi, ma avere in classe uno che parla poco la nostra lingua e che soprattutto scrive facendo mille errori avrebbe messo in difficoltà qualunque insegnante, soprattutto quelli di italiano.

Lui si è seduto di fianco a me e mi ha detto "ciao".

– Ciao – ho risposto.

La sua voce era strana, così diversa dalla mia e da quella degli altri compagni. Era un po' roca, come se avesse sempre mal di gola o un respiro che non gli andava né su né giù. Ma era anche, come dire, piuttosto profonda, "da grande". Elvis parlava poco, ma i suoi occhi, sempre carichi di uno sguardo intenso, parlavano per lui.

Ho notato che mentre tirava fuori da sotto il banco quaderno e penne (ha un unico quaderno per tutte le materie) mi guardava. Sembrava volesse dirmi qualcosa. Allora, non so come, mi è venuto spontaneo chiedergli:

– Che c'è?

– È bravo, Gianni, il bidello.

– Sì?

– Sì, guarda!

Mi ha mostrato felice le mani pulite e mi ha fatto vedere anche la faccia bella lustra. Naturalmente non gli ho confessato che era stata la prima cosa che avevo notato al suo ingresso.

– Mi ha fatto lavare.

– Già... – ho risposto con un sorrisetto di circostanza, anche se non mi pareva per niente normale che lavarsi a scuola fosse una cosa usuale.

Elvis ha ricambiato il sorriso. Oggi non puzzava neppure di sigaretta. Dopo alcune settimane, ho provato per la prima volta, ma per un solo istante, qualcosa di simile alla comprensione. O forse era solo compassione.

Se era così soddisfatto di essersi lavato, ho pensato, forse non era poi tanto affezionato allo sporco che si portava sempre addosso. Forse lui viveva in un posto in cui non era così facile lavarsi.

Dopo qualche minuto è successa una cosa che mi ha sorpreso: ho visto la sua testa che lentamente, ma inesorabilmente, si abbassava fino ad arrivare alle braccia incrociate sul banco.

Le lezioni della Grandi non erano le più entusiasmanti, soprattutto quando si parlava di grammatica per un'ora di seguito e senza interruzione. Anche io a volte facevo fatica a seguirla, ma mi sforzavo per darmi un contegno.

Evidentemente, invece, Elvis non si era minimamente posto il mio stesso problema. Piano piano ha abbassato le palpebre, prima chiudendole ad intermittenza e strofinandosi ogni tanto gli occhi con le mani, poi serrandole definitivamente su tutto quel fiume di nomi, verbi, soggetti e predicati. Infine si è addormentato.

Ma come? L'insegnante cerca di rispiegare solo per lui argomenti che noi abbiamo sentito già mille volte e lui si mette tranquillamente a dormire?

Anche gli altri se ne sono accorti: c'è stato qualche risolino qua e là per l'aula, tanto che la prof lo ha notato.

– Pare che le mie lezioni non interessino poi così tanto al vostro nuovo compagno! – ha commentato. – Va be', continuiamo.

Altro che pena! Quella che stavo provando in quel momento nei confronti di Elvis era purissima invidia: potersene infischiare così tranquillamente della lezione di grammatica e schiacciare un pisolino mi sembrava un vero privilegio che solo lui aveva!

Per fortuna Elvis non ha russato e ha dormito in silenzio, profondamente sdraiato sul quaderno aperto, fino a che la campanella ci ha felicemente avvisato dell'inizio dell'intervallo.

Solo allora si è tirato su, un po' stralunato, e si è guardato intorno: non sembrava affatto imbarazzato, né ha chiesto scusa alla prof, anche se si è reso benissimo conto di aver dormito.

***

Finita la merenda in un battibaleno, abbiamo chiesto il permesso di andare in cortile.

Si trattava di una "grazia" che ci veniva concessa solo rare volte e comunque per poco tempo; di solito passavamo l'intervallo in corridoio.

Il cortile era l'ambiente scolastico in assoluto più amato da tutti noi. Non era un granché: era asfaltato e aveva due file di alberi che lo dividevano più o meno in tre lunghi e larghi corridoi, ma proprio grazie a questa forma venivano fuori un bel po' di campetti da calcio, così che c'è spazio di gioco per ogni classe.

A noi maschi di seconda C piaceva giocare a calcio e utilizzavamo sempre e rigorosamente una palla di spugna per non rompere i vetri a pallonate: non era proprio il massimo, ma era sempre meglio di niente e poi la gommapiuma rimbalzava abbastanza bene.

Le femmine, invece, giocavano (senza successo, secondo me) a pallavolo.

In un attimo abbiamo formato le squadre, noncuranti della temperatura ancora fredda di fine inverno. Io e Andrea eravamo i due capitani delle squadre.

Elvis, accucciato sugli scalini della porta di uscita, ci guardava come tutte le volte che si usciva a giocare, senza dire nulla. Quel giorno la Giusti si era seduta accanto a lui chiacchierando e indicandoci, ma lui scuoteva la testa. Noi non riuscivamo a sentirla, ma immaginavamo tutti quanti benissimo il succo del discorso della prof: "Su, vai a giocare con i compagni" oppure "A te non piace giocare a pallone?"

Tutti facevamo finta di non vedere, ma con la coda dell'occhio, tra un tiro e un passaggio, sbirciavamo la situazione in attesa di sviluppi possibili.

Quella volta però Elvis, incoraggiato dalla prof, non si era limitato a rimanere seduto sugli scalini, si era alzato e si era messo a guardarci a bordo campo, raccogliendo la palla quando usciva: il classico modo per dare un chiaro segno di voler entrare in gioco.

Noi ce ne siamo accorti ma, ovviamente, abbiamo tutti fatto finta di niente, anche se io ho sentito su di me gli sguardi degli altri: forse, in qualità di compagno di banco e di unica persona con cui lui fosse entrato un minimo in contatto, si aspettavano da me il primo passo.

Be'... che cosa posso dire? Io non me la sono sentita.

Bruciando tutti, invece, Andrea, che aveva un uomo in meno in squadra e che probabilmente non aveva nessuna voglia di perdere la partita, ha domandato a Elvis:

– Giochi?

È bastato un suo cenno d'assenso per concludere l'accordo.

– Sei con me, Fabio, Simone, Thomas e Niccolò.

Appena toccata la palla, Elvis si è rivelato una sorpresa del tutto inaspettata e, purtroppo, molto svantaggiosa per la mia squadra. Ha dimostrato subito di avere una buona padronanza del pallone, pur indossando scarpe così brutte e fuori misura.

Sapeva fare un sacco di giochetti: palleggiava, scartava gli altri, colpiva di tacco e crossava. Non era molto elegante nei movimenti, anche per la lunghezza un po' sproporzionata delle sue gambe, ma nei passaggi riusciva con estrema precisione, e per giunta tirava in porta dando alla palla una tale forza da renderla quasi impossibile da parare. Quindi ogni tiro nella nostra porta finiva filato alle spalle del portiere e per la mia squadra la partita si è conclusa con una storica batosta: dieci a due!

Quando la Grandi ci ha chiamato per rientrare in classe, non si parlava d'altro tra noi e anche quelle curiosone delle femmine ascoltavano i nostri discorsi e si sono interessate all'argomento.

Per la prima volta Elvis ci è apparso improvvisamente sotto un'altra luce: quella del bravo giocatore di calcio che ci avrebbe almeno fatto comodo durante le partite con le altre classi.

Prima di riprendere la lezione, mentre aprivo il libro di scienze, gli ho subito domandato:

– Dove hai imparato a giocare così?

– Al campo – ha risposto. E ha sorriso, evidentemente compiaciuto e consapevole di essere considerato.

È stato il primo vero sorriso che ho visto sul volto di Elvis.

Capitolo 4

Le persone a volte ti sorprendono

È stata una sorpresa per tutti. Chi si sarebbe aspettato che un tipo come Elvis sapesse giocare bene a pallone? A questo punto però dovevo mettercela tutta per non sfigurare; ne andava della mia fama di capitano della squadra.

Il sabato pomeriggio, benché non fosse ancora iniziata la primavera, c'era un bel sole caldo e sono andato ad allenarmi al campetto. Lì c'erano già i miei amici Andrea, Simone, Fabio e Gabriele.

– Hai visto quanto è forte Elvis? – mi ha subito domandato Andrea.

– Mi ha detto che ha imparato al campo... – ho risposto un po' vago.

– Che campo? Qui non lo abbiamo mai visto – è intervenuto Simone.

– Non diceva qui. Questo è il campetto; lui ha detto "al campo".

– E dov'è questo campo? – ha chiesto Fabio.

– Perché, vuoi andarci? Magari è in mezzo ad una squadra di zingari pericolosi – ha detto con sprezzo Gabriele.

– Forse Elvis non è come tutti gli altri... – ho provato a dire. – Forse lui è un bravo ragazzo...

– Vabbé, ma siamo qui per giocare o per parlare? – ha concluso Andrea, visto che la discussione si stava accendendo.

In un attimo Andrea ha buttato per aria la palla che tenevo in mano, dandole poi un gran calcio e lanciandosi all'inseguimento. Così tutti gli siamo corsi dietro come un branco di bufali impazziti. Tutte le volte che qualcuno riusciva a portare via il pallone all'altro, cambiava la direzione della corsa, ma si ripeteva la stessa scena di mandria alla carica. Era una visione davvero ridicola, se osservata da fuori, ma divertentissima per chi stava giocando.

Siamo andati avanti per un po', poi ci siamo organizzati meglio e abbiamo calciato qualche rigore e qualche punizione con la barriera.

Tutto sarebbe filato liscio se ad un tratto non fosse arrivato Claudio, quello di terza media, con quei due bulletti dei suoi amici. Si sono messi a bordo campo a prenderci in giro, come fanno sempre, sghignazzando ad ogni nostro tiro e fischiandoci.

Quella volta, però, non avendo un loro pallone, si sono dovuti arrendere alla nostra presenza senza poterci cacciare.

– Vi va di fare una partita? – ha chiesto infine quello spaccone di Claudio.

Era la prima volta che ci chiedevano di giocare con loro. Sapevamo che avremmo sicuramente perso, magari anche in malo modo, però nessuno di noi voleva fare la figura del fifone. Così, dopo un breve giro di sguardi silenziosi di consultazione tra noi, mi sono fatto portavoce:

– Ok, ma piano con i falli.

– Perché? Se no lo dici alla mammina?

– Ah ah ah – gli hanno fatto eco gli altri due.

– No, perché se no ce ne andiamo via con il nostro pallone.

Claudio ha risposto con un grugnito minaccioso, poi abbiamo fatto pari o dispari per la palla e la partita è iniziata. Tutti a centro campo. Calcio d'inizio nostro.

Si è capito fin dai primissimi minuti che non ce l'avremmo mai fatta contro di loro: erano troppo grandi fisicamente rispetto a noi. E infatti alla fine dei primi venti minuti stavamo perdendo quattro a zero.

È stato proprio durante il breve momento di riposo che ci siamo di colpo riempiti di speranza: a bordo campo, su una bici con le ruote piccole e il telaio sverniciato, stava seduto Elvis.

"Adesso o mai più" mi sono detto. E mi sono avvicinato a lui.

– Giochi?

– Sì, grazie.

– Sei con noi, contro di loro.

– Sono più grandi...

– Hai paura?

Fra tutte le domande stupide che potevo porgli, quella era sicuramente la più stupida in assoluto. Non mi ha neppure risposto, mi ha guardato con un sorrisetto ironico, quasi di sfida, come a dire "Io? Tu forse!"

– E questo chi è? – ha domandato Claudio.

– Un nostro compagno di classe, gioca con noi.

Allora lui con voce derisoria ha aggiunto:

– Zitti tutti... gli avversari schierano in campo uno straniero. Lo avete pagato molto al calciomercato?

– Ah ah ah – era stata la solita risata delle altre due bertucce.

– Vabbé, tanto uno in più o in meno in campo non cambia molto. Dai riprendiamo. Secondo tempo, palla nostra – ha concluso Claudio.

La partita ha preso subito una piega diversa. A noi bastava passare il pallone a Elvis, per il resto tutte le nostre azioni finivano nello stesso modo: bordata quasi imprendibile in porta di Elvis e, una volta su due, goal.

Goal! Goal! E poi ancora goal! E di nuovo goal! In pochi minuti il risultato si è ribaltato. Da atroce sconfitta, lo scontro era diventato per noi una schiacciante vittoria: sette a quattro.

La nuova situazione non è piaciuta affatto a Claudio e alla sua banda, che, ad un certo punto, hanno fermato il gioco.

– Voi non ce la raccontate giusta, questo non è uno dei vostri... Non può giocare con voi... E poi com'è conciato?! Ma lo vedete?

Elvis indossava ancora il solito maglione verde e le solite scarpe grosse. Aveva certamente capito le parole di Claudio, infatti si era guardato l'abbigliamento, ma sembrava non avervi dato troppa importanza.

– Che c'entra com'è vestito? – ho risposto io, con insolita prontezza. Non l'ho fatto per difendere il compagno, più per istinto di squadra o forse per la rabbia di aver subìto troppe volte le prepotenze di quei bestioni senza cervello.

La reazione evidentemente non è piaciuta a Claudio che non era abituato a essere contraddetto da ragazzi più piccoli di lui. Per tutta risposta mi ha dato un gran spintone da farmi cadere a terra, ordinandomi di stare zitto e di non provare a contraddirlo.

Che fare? Ancora una volta mi trovavo in una di quelle situazioni in cui si deve prendere una decisione importante in una manciata di secondi.

Piangere? In verità ne avrei avuto voglia e sentivo che gli occhi mi si stavano gonfiando di lacrime. Non era il dolore della caduta a pesare quanto l'offesa subìta.

Fare finta di niente? Troppo comodo, e poi non sarebbe servito a nulla: ormai il danno l'avevo subìto.

Reagire?

Mi sono rialzato e mi sono buttato su Claudio a testa bassa, colpendolo in piena pancia e sbattendolo a terra.

Poi, improvvisamente, è scoppiata, inesorabile, una rissa selvaggia: si è formato un unico grosso groviglio di corpi, con i due amici di Claudio, poi inaspettatamente Elvis e infine, per non essere da meno, Andrea, Simone, Fabio e Gabriele.

Colli tirati, capelli afferrati, pugni e occhi pesti. Nel giro di pochi minuti il bollettino di guerra registrava vincitori e vinti da entrambe le parti; noi eravamo forti della nostra superiorità numerica, loro di quella fisica. Poi, così come era iniziata, la rissa è finita: senza parole ma con sguardi ancora minacciosi che promettevano le peggiori ritorsioni. Alla fine ognuno dei due gruppi se ne è andato per conto proprio. Noi doppiamente soddisfatti per esserci difesi con coraggio.

Elvis ha ripreso la bici. Io ho salutato gli altri e mi sono incamminato. Lui mi si è avvicinato.

– Ti accompagno. Non si sa mai... – mi ha detto.

– Che vuoi dire?

– Lo hai visto quello come ti guardava? Può cercarti ancora.

Non erano le prime parole che scambiavo con lui, ma non mi era ancora capitato di sentirlo parlare in modo così sciolto; di certo fuori da scuola si sentiva più a suo agio.

Il suo vocione mi ha convinto ed effettivamente, strano a dirsi, mi sentivo più al sicuro insieme a lui. Non che Elvis fosse grosso come Claudio, però era almeno un po' più alto di me. Abbiamo fatto alcuni passi in silenzio, io col pallone sotto il braccio, lui con la bici alla mano. Entrambi guardavamo distratti davanti a noi e forse anche un po' imbarazzati.

È stato lui a rompere il ghiaccio.

– Perché mi hai difeso?

– Be'... non so; mi è venuto di farlo e basta, non l'ho pensato.

– Non me l'aspettavo.

– Che vuoi dire?

– Lo so che cosa dite di me, tu e gli altri... che sono uno zingaro.

Devo essere improvvisamente diventato paonazzo a sentire quella parola.

Poi Elvis ha continuato:

– Me lo dicono tutti, anche per strada. Sì, avete ragione, sono zingaro... ma non sono un delinquente o un ladro. Chi non vuole offenderci ci chiama "nomadi", cioè gente che viaggia, che va qua e là, ma noi siamo rom.

– Rom, certo, ce lo ha detto la Giusti.

Di nuovo ho provato imbarazzo, con le sue parole che risuonavano nella mia mente. Non avevo mai fatto con lui un discorso così lungo, ma era chiaro che tutto quel tempo passato in aula ad osservarci e ad ascoltarci gli aveva permesso di migliorare tantissimo il suo italiano.

Poi è stato di nuovo Elvis a rompere il silenzio con una risata.

– Perché ridi? – ho chiesto sorpreso.

– Rido perché fa ridere...

– Che cosa ti fa ridere?

– Fa ridere che voi siete più strani di noi.

– Noi più strani di voi? In che cosa?

– Voi vi credete tanto cattivi quando ci dite "zingari". Tu hai anche vergogna a dire "zingaro" con me, anche se lo pensi. Ma invece siete più bravi di noi...

– Perché più bravi?

– Perché per voi c'è lo zingaro, l'albanese, il marocchino, insomma date a tutti il nome loro. Noi invece non facciamo così.

– E come fate?

– Per noi è diverso: o sei zingaro o sei gagè, uno che sta sempre fermo. Per noi tutti quelli che non sono come noi sono tutti uguali. Non ci interessa niente di loro.

– E allora io per te sono...

– Gagè!

– Gagè? Dopo tutte le volte che ho pensato di non offenderti tu mi vieni a dire una cosa come questa?!

Elvis sorrise.

– E ridi pure?! Guarda che non scherzo!

Allora lui mi ha guardato fisso negli occhi come un animale abituato a difendersi, ma subito dopo il suo sguardo è cambiato.

– Non ti sono bastate quelle che hai preso da Claudio? Non vedi come sei conciato? – mi ha detto, prendendomi in giro.

– Ok, ok, lasciamo perdere.

– Bravo. Sei un furbo gagè.

Allora mi sono sciolto in un sorriso. Un altro sorriso tra noi.

Capitolo 5

Elvis

Non riuscivo a togliermelo dalla mente. Rientrato a casa, sentivo ancora risuonarmi nelle orecchie la sua voce, le sue parole... Sentivo perfino il suo sguardo addosso. Mi pareva di essere diverso da prima: un po' infastidito da quella specie di leggero disprezzo. Era una sensazione poco piacevole.

Gagè, ecco che cosa ero per lui. Ecco che cosa vedeva Elvis con quei suoi occhi solo apparentemente sottomessi ogni volta che guardava me o i miei compagni o addirittura le prof: dei gagè, gente chiusa nelle proprie case, bloccata da qualche parte, come un albero irrimediabilmente radicato nel terreno. Con una vita così facile... In effetti così sembrava la nostra vita, se paragonata alla sua, così movimentata già a tredici anni, o a quella della sua famiglia, della sua gente, sempre in fuga ora da una guerra, ora dalla polizia. E mai del tutto stabile.

Se ci ripensavo, però, mi rendevo conto che era stato bello tornare a casa con Elvis e chiacchierare con lui. Avevo fatto dei discorsi che non avrei tirato fuori neppure con Gabriele, il mio migliore amico, perché lui è troppo simile a me, è del mio stesso mondo.

Non sapevo bene cosa pensare: forse stavo per stringere una nuova amicizia e non capivo se questo mi dava più preoccupazione o più gioia. Inoltre per poterlo fare bisogna essere in due: chi mi assicurava che Elvis avrebbe voluto essere amico di un gagè qualunque? Così, infatti, mi sentivo in confronto a lui in quel momento e con quell'improvviso rovesciamento della situazione tra noi due, mi sembrava quasi che il mondo avesse iniziato a girare al contrario.

Perso in quelle riflessioni, non ho sentito che in stanza era entrata mia madre.

– Ma come ti sei conciato? Che cosa ti è successo?

In un attimo sono tornato velocemente alla realtà e ho risposto:

– Ho giocato a pallone e...

– E...?

– Ho fatto a botte.

– Con chi?

– Con quelli di terza media.

– Ma sei impazzito?

– Ci hanno provocato!

– Sì, e tu allora gli avresti dato una lezione? Mi sa piuttosto che ne hai prese un sacco.

– Ma non ero da solo, c'erano anche Fabio, Luca, Simone, Gabri ed Elvis.

– Spero per loro che ne siano usciti meglio di te!

In effetti avevo i jeans sporchi di terra, la maglietta fuori e la felpa strappata. La faccia e le mani erano nere di polvere e sudore.

– Dai, vieni qua. Fatti vedere bene.

Dall'esame accurato della dottoressa di casa è risultato che non avevo niente di rotto né di irreparabile, solo qualche livido e qualche graffio, subito disinfettato con il solito maledetto liquido verde che sulla confezione prometteva di non bruciare, ma che passandolo sulla ferita faceva vedere le stelle.

– Elvis, il tuo nuovo compagno?

– Sì.

– Ma non avevi detto di non voler avere niente a che fare con lui?

– Già. Infatti non l'ho chiamato io; si è presentato lì, al campetto, e allora gli abbiamo chiesto di giocare con noi... In fondo è in classe nostra.

– No, non mi convince questa storia. Fino all'altro giorno sembravi infuriato con la Giusti perché te l'aveva messo vicino di banco, oggi invece ti metti a fare la parte del buono con lui. Dimmi un po' la verità.

Cercare di fregare la mamma era decisamente un'impresa ardua, quasi impossibile, e avevo già capito che neanche quella volta ci sarei riuscito.

– Be', in effetti stavamo perdendo di brutto, e a calcio lui è forte... Lo abbiamo visto a bordo campo e gli abbiamo chiesto di entrare. Grazie a lui stavamo vincendo, poi...

– ... poi quelli si sono arrabbiati ed è finita a spintoni.

– Già.

– Vabbé, vai a farti una doccia. Ma stai attento la prossima volta, mi raccomando!

Sotto l'acqua non ho potuto fare a meno di pensare a quando Elvis era entrato in classe pulito e felice di esserlo. Mi sono così abbandonato all'acqua calda e al sapone schiumoso, che hanno lavato via ogni mio malumore e ogni tensione.

***

Lindo e profumato, sono tornato in sala e ho visto che era arrivata zia Paola, un tipo spiritoso e sempre in movimento. Il suo passatempo preferito durante i fine settimana erano le gite all'aria aperta, alla ricerca di posti ancora verdi e di paesini suggestivi, lontani dalla città. Aveva due figli gemelli di due anni più grandi di me: Tommaso e Federico.

Zia Paola ogni tanto veniva a trovarci e qualche volta mi portava un po' di scorta di vestiti, quelli che i miei cugini non mettevano, anche se spesso appena comprati in negozio. Naturalmente non essendo grande e grosso come Tommaso e Federico dovevo aspettare sempre qualche mese per poterli indossare ed era un vero peccato, perché la zia comprava per loro solo maglie originali e molto colorate, per giunta quasi sempre doppie e uguali per risparmiare un po'.

– Ciao zia.

– Oh, ecco il mio nipotino preferito ("Sono l'unico che ha!"). Ti ho portato un po' di scorta. È quello che sono riuscita a salvare da quelle due pesti dei tuoi cugini. So che ti fa piacere.

– Fai vedere. Ehi, che sballo questa maglietta con la rana vestita da giocatore di basket sul davanti – ho esclamato.

– E guarda questa – ha detto la mamma, mostrandomene una con un vulcano in eruzione.

– Troppo forte! Sei grande zia!

– Grazie. Lo sai... è quasi tutto doppio.

– Già, quanta roba! Come sempre metà la portiamo al "Centro d'aiuto", se tu non ti offendi, Paola – ha commentato la mamma.

– Sì, sì, va bene, tanto io non saprei a chi darla e nell'armadio non c'è più posto. Ripeto: tutta roba praticamente nuova!

Mentre la mamma e la zia chiacchieravano tra di loro bevendo un caffè, io ho iniziato a fare la divisione dei vestiti: uno a me e uno nel sacchetto. In cinque minuti mi sono rifatto l'intero guardaroba e ne avanzava altrettanto. Più tardi sono andato a portare al "Centro d'aiuto" i vestiti avanzati.

Per strada si sentiva la solita allegria del sabato pomeriggio, con un sacco di persone in giro per i negozi e mamme con i bambini. Ogni tanto passava un gruppetto di ragazzi in bici e salutavo gli amici con il nostro convenzionale

"Ciao raga" ricevendone un classico "Bella Nico!"

Il Centro si trovava a pochi isolati da casa nostra e al sabato era aperto. Anzi, per la verità era aperto praticamente quando qualche volontario ci faceva servizio. Anche mia mamma era una volontaria.

In questo posto chi aveva bisogno trovava sempre qualcuno disposto ad aiutarlo in qualunque cosa: compilare i documenti, avere informazioni sugli uffici del comune, sapere notizie importanti... C'era anche una stanza dove trovare vestiti lavati e puliti, usati e non, e pacchi e scatolette di cibo da distribuire a chi non ce la faceva a vivere, per mancanza di soldi.

Chiunque poteva andare a chiedere aiuto al Centro... d'aiuto, si chiamava così apposta. Infatti ci ho visto gente di tutti i tipi: anziani dall'aria triste, sola e trascurata; gente in cerca di lavoro; vagabondi; extracomunitari e perfino zingari... anzi nomadi... anzi rom.

Io non avevo l'animo "volontario" di mia madre verso i bisognosi, ma mi faceva piacere portare lì le cose della zia; mi sentivo utile.

– Oooh, ma guarda che bel carico di vestiti è in arrivo; la zia ha "colpito" ancora? – mi ha detto Ugo appena mi ha visto.

– Eh sì.

– Grazie Nico, e ringrazia anche la zia Paola. Di' alla mamma che appena ha un po' di tempo devo parlarle.

– Va bene. Ciao Ugo.

Ugo era il volontario più anziano. Era in pensione e per questo poteva dedicare al prossimo molto del proprio tempo libero. Si incaricava di aprire e di chiudere ed era il vero punto di riferimento per tutti i volontari e le persone che arrivano al Centro. Un tipo decisamente simpatico e molto indaffarato.

"Se non ci fosse Ugo..." ho sentito dire più di una volta a mia mamma.

Si era già fatto buio e le luci dei negozi si erano accese illuminando i marciapiedi. Tutto mi sembrava più bello del solito, e mentre camminavo verso casa mi chiedevo se anche la vita di un rom fosse semplice e tranquilla come la mia.

In quel momento mi sarebbe piaciuto vedere Elvis per strada e salutarlo a modo nostro: "Bella Elvis!"

Capitolo 6

L'idea di incontrarlo

La domenica sera non mi dispiaceva affatto l'idea che il giorno dopo avrei incontrato di nuovo a scuola Elvis, tanto che la nuova settimana sui banchi non si prospettava più così tremenda come quelle precedenti.

Si sentiva già la primavera nell'aria. Andare a scuola di mattina con la luce del sole e una temperatura frizzante che risveglia rende più bello l'inizio della giornata. Era come se invece di entrare in aula si andasse a fare una gita in campagna.

Mi sentivo allegro e spensierato, anche se in un angolino della mia mente ricordavo ancora che la sera prima qualcosa aveva molto turbato la mamma e lei era rimasta un po' tesa, pur non dandolo a vedere.

Avevo infatti ascoltato una telefonata tra Ugo e mia madre: all'inizio l'amico doveva averle detto che i vestiti della zia erano stati subito distribuiti; poi però ha cambiato discorso. L'avevo capito perché, mentre parlava, la faccia della mamma si era fatta improvvisamente buia. Era sicuramente successo qualcosa di poco piacevole, lo avevo intuito dalle poche frasi sentite: *"Pronto Ugo? Ma no... questo è il colmo."* Pausa. *"È davvero molto grave... è un gesto brutto e vigliacco!"* Pausa. *"Hai avvertito i carabinieri e la polizia?"* Pausa. *"E perché vorresti tenere chiuso?"* Pausa. *"No, non dobbiamo farci intimorire."* Pausa. *"Sì, certo, conta pure su di me per organizzare i turni di presenza al Centro. Non basterà qualche stupida minaccia imbrattata sui muri a fermarci!"*

Alla fine della telefonata avevo provato a chiederle qualche spiegazione, ma lei non aveva voluto rispondermi. La parola "minaccia", però, ormai mi aveva messo in allarme.

Ancora più preoccupato mi era sembrato mio papà, che spesso è fuori casa per lavoro. Lui aveva discusso del problema con la mamma, dicendole probabilmente di smettere per un po' di giorni di andare al Centro.

– Non se ne parla nemmeno! – è stata la risposta di mia madre che ho sentito dalla mia camera, prima di addormentarmi.

***

Come sempre, Elvis era arrivato in classe alle nove. Gianni continuava a fargli fare una doccia negli spogliatoi della palestra prima delle lezioni; qualche volta, dopo la doccia, gli veniva offerto anche un cappuccino alla macchinetta. Questo, sinceramente, mi sembrava un po' eccessivo per un alunno, anche se a casa sicuramente non aveva le nostre stesse comodità.

Comunque, quando Elvis faceva il suo ingresso in aula aveva un'aria decisamente soddisfatta.

Quel giorno ha salutato con un "ciao" appena si è seduto, e io l'ho ricambiato volentieri.

– Oggi non hai fumato... – ho detto.

– Io non fumo.

– Ma se una volta ho sentito puzza di sigarette...

– Ah, è mio fratello che mi fa provare qualche volta. Lui dice che ormai sono grande e posso farlo, ma a me non piace.

Durante la mattinata abbiamo corretto i compiti (lui non li aveva fatti, ma la Grandi non gli ha detto niente), poi siamo passati alla lettura di una poesia sul libro di italiano.

Elvis seguiva il testo sul mio libro insieme a me e io lo guardavo senza farmi notare. Stava già leggendo quasi al passo con noi, muoveva le labbra seguendo le parole col dito. Quando però si è trattato di scrivere sulla pagina le risposte alle domande sulla poesia, ha detto:

– Scrivi tu. Io faccio troppi errori.

– Dai, prova! Tanto facciamo a matita e si può cancellare e correggere.

– Ma io non sono bravo a scrivere...

– Be', dovrai imparare prima o poi. O non ti interessa saper scrivere la lingua dei gagè italiani?

Elvis ha sorriso. Ha accettato lo scherzo e al tempo stesso ha raccolto la sfida. Devo anche dire che se l'è cavata abbastanza bene. Non so se sia stato il periodo già trascorso con noi sotto i martellanti insegnamenti della Grandi o se invece abbia giocato di più la voglia di non fare una brutta figura davanti a me. Sta di fatto che ha sbagliato poco o niente: solo qualche piccolo errore di ortografia.

Insomma le prime due ore, per giunta di italiano, sono stranamente filate via veloci.

Ad un certo punto siamo scoppiati a ridere insieme perché lui ha scritto "babbuino" invece di "bambino" e io gli ho spiegato che in quel caso si trattava di una scimmia e non di un essere umano. La nostra risata, però, ha attirato su di noi l'attenzione del resto della classe. La prof ci ha guardato con aria di netto rimprovero: durante le sue lezioni voleva silenzio!

Gli altri alunni, invece, ci hanno osservato con aria sorpresa. Soprattutto guardavano me, stupiti della mia nuova familiarità con Elvis. A lanciarmi le occhiate più interrogative sono stati soprattutto i maschi e tra loro Gabriele, che mi ha fissato in modo strano. Se non si fosse trattato del mio migliore amico, quello con cui gioco volentieri e che conosco dalla scuola materna, quello con cui mi incontro più spesso anche fuori dalla scuola e la cui famiglia ha stretto amicizia con la mia (siamo anche andati in vacanza insieme), se non si fosse trattato proprio di lui, avrei quasi detto che Gabriele mi aveva guardato con rabbia o con nervosismo. Era forse gelosia?

***

L'aria primaverile che si respirava fuori era frizzante, ma quella che ristagnava nell'aula, già dopo un paio di ore, era quasi irrespirabile, soprattutto quando si rientrava dai giochi in cortile.

Dopo l'intervallo, quel giorno, il clima si era fatto per lunghi e interminabili attimi addirittura rovente. Non per la temperatura, ma per quello che è successo: per alcuni momenti mi è sembrato di trovarmi protagonista di uno di quei film western, quando due pistoleri si affrontano in duello, tra la polvere, nella via principale del paesino, sotto il sole a picco di mezzogiorno.

Appena rientrati in aula, infatti, mentre tutti accaldati e sudati ci stavamo togliendo felpe e maglioni è successo uno di quei casi che nella vita non ti aspetti mai che ti possano capitare.

Io ho messo in mostra la mia fantastica maglietta della rana giocatrice di basket che mi aveva portato la zia il sabato precedente: ero gasatissimo perché mi piaceva troppo. Gli altri infatti l'hanno notata subito.

Persino Simone ha commentato:

– Che bella, che marca è?

Anche Elvis si è tolto il suo solito maglione verde esibendo... una fantastica maglietta con rana baskettista, esattamente identica alla mia!

Si è creato il silenzio assoluto e le facce dei nostri compagni continuavano a spostare lo sguardo da me a lui ininterrottamente, non sapendo che cosa dire. Ero io ad essere vestito come il rom, oppure era il rom ad essere vestito come il gagè?

Entrambi con i jeans, sembravamo addirittura gemelli. Ecco... gemelli! Quella era la spiegazione! Evidentemente era stata la famiglia di Elvis a ritirare al Centro d'aiuto i vestiti che io avevo portato là.

Per un attimo io ed Elvis ci siamo guardati negli occhi. Che fare ora?

Fare finta di niente?

Arrabbiarsi?

Rivestirsi?

Fortunatamente non c'è stato neppure il tempo di pensarci e abbiamo fatto ciò che è venuto spontaneo a tutti e due: ci siamo messi a ridere.

L'intera classe ci ha guardati e in quel momento sia loro, sia io, sia Elvis, abbiamo chiaramente percepito che ormai era fatta. Agli occhi di tutti eravamo diventati definitivamente e inequivocabilmente... amici.

Capitolo 7

Avere tanti amici diversi

Era bello avere tanti amici diversi, ma non era sempre semplice far andare bene le cose con ciascuno di loro. Prendi Gabri, ad esempio. La confidenza fra me ed Elvis non gli andava davvero giù. A scuola mi parlava di meno e spesso faceva finta di non sentirmi.

Un giorno, alla fine delle lezioni, sono riuscito a bloccarlo per un momento al cancello.

– Ehi Gabri, ma non mi hai sentito in classe?

– Perché, mi hai chiamato?

– Cavolo! Non dirmi che non te ne sei neppure accorto! Mi prendi in giro?

Gabriele mi ha fissato per qualche istante, in silenzio e con lo sguardo teso, per poi rivolgermi una frase che mi ha fatto capire il suo stato d'animo, senza però dire niente di chiaro:

– E se anche fosse?!

Poi se n'è andato insieme agli altri, lasciandomi "a terra" come una bici sgonfia.

La mattina dopo ho provato ad agganciarlo con il nostro esclusivo e rituale saluto. Si trattava di una serie di colpetti e giravolte palmo–dorso–pugno con le mani, tutti in fila e sempre nello stesso ordine, accompagnati da un classico "Bella Gabri", a cui lui faceva eco il corrispondente "Bella Nico". Usavamo scambiarci questa sequenza solo tra noi due, all'inizio e alla fine di ogni giornata.

In quell'occasione però lui ha lasciato cadere l'invito, voltandosi dalla parte opposta. La cosa peggiore era che quel gesto di rifiuto era successo davanti a tutti, scatenando da parte dei compagni bisbiglii e pettegolezzi a non finire. Io ero riuscito a coglierne solo alcune parole sparse, ma, rimettendole insieme, potevo immaginare a quale genere di frasi appartenessero.

– Hai visto?

– Sì, non lo ha salutato nel loro solito modo.

– Già. Però ha ragione Gabri.

– Anch'io farei la stessa cosa al suo posto.

– È vero. Se Nico si è trovato un altro amico, è inutile stargli tanto intorno.

– Giusto. Quello già si sente superiore...

– Sì, ma Nico ha sbagliato.

– Hai ragione, non si fa così.

– È come se avesse tradito Gabri.

Insomma pareva che tutti fossero dalla parte di Gabriele.

E io?

Forse era giusto non stare da nessuna parte e non c'era nessuna ragione o nessun torto da dare.

Forse non c'era niente di male e nessuna colpa nell'allargare il proprio cerchio di amicizie.

Questi erano i miei pensieri, ma forse mi sbagliavo. Forse ero proprio in torto. Forse...

Avrei voluto chiarirmi meglio con il mio vecchio amico, dandogli delle spiegazioni in più sulla faccenda della maglietta, rispetto a quelle che ero riuscito a fornirgli in classe. Soprattutto avrei voluto raccontargli come stava cambiando il mio modo di vedere le cose.

Forse sbagliavo? Forse stavo dando troppa confidenza a Elvis? Forse aveva ragione Gabriele?

Comunque lui non mi ha dato la possibilità di alcun chiarimento. Sembrava irrimediabilmente arrabbiato. Neppure in palestra o in cortile ha voluto più stare in squadra con me.

Dopo la scuola le cose non sono andate meglio. Al telefono non mi rispondeva e faceva dire di non essere in casa, anche se sentivo chiaramente in sottofondo, a tutto volume, la musica del suo complesso rock preferito, quella che solo lui ascoltava.

Non sapendo come cavarmela, una sera ho spiegato la situazione a mia madre e mio padre per avere un aiuto. Mia madre mi ha chiesto:

– Così Elvis adesso è tuo amico?

– Sì... direi di sì.

– Il tuo migliore amico?

– No, quello è Gabri, ma lui adesso è geloso del fatto che io parli con Elvis e che al campetto ci venga anche lui. Non vi dico poi per la faccenda di quella maglietta della rana, anche se ho provato a spiegargli come erano andate le cose! Lui però non mi ha lasciato finire e si è ostinato a dire che ero stato io a regalargliela personalmente.

– E se anche fosse, che cosa ci sarebbe di male?

– Per me niente – ho risposto io.

– Neanche per me – ha aggiunto mia madre.

– Forse Gabriele si è offeso perché non hai regalato a lui la maglietta! – è intervenuto mio padre. – Ma tu ti sei vergognato?

– Be'... no... non so... È che Gabriele è un po' come un fratello; con Elvis è tutto un altro modo di stare insieme. È vero che giochiamo, ma lui mi racconta anche i suoi ricordi e ne ha passate davvero tante! Tra quello che è successo nel suo paese con la guerra, i viaggi avanti e indietro dall'Italia, gli sgomberi dell'accampamento, la polizia... Ma anche la vita che fa adesso non deve essere troppo comoda... E a me piace ascoltarlo e sentirmi vicino a lui.

– Ma non puoi spiegare anche a Gabri tutto quello che stai dicendo a noi?

– Ci ho provato, ma non sono riuscito a farmi ascoltare fino in fondo e con quelle poche parole che mi ha lasciato dire non credo di averlo convinto del tutto.

– Uh uh, allora la faccenda si fa seria...

Ogni volta che mio papà mi diceva una frase di questo genere non capivo mai se lo pensasse seriamente, oppure se facesse la parte di chi vuole mostrarsi comprensivo senza esserne minimamente convinto. Era come se i problemi di un ragazzino di dodici anni fossero solo sciocchezze rispetto ai suoi, ai "veri problemi della vita", come chiamava quelli che si trovava ad affrontare ogni giorno e che talvolta lo rendevano pensieroso.

Comunque dopo quella affermazione tra noi è calato un silenzio di riflessione.

Mentre stavamo terminando la frutta, è stata la mamma a rilanciare il discorso.

– E se tu ricevessi un aiuto da noi?

– Da voi? Che cosa vuoi dire?

– La mamma vuol dire che, trattandosi di una questione spinosa, forse occorre avere una mano da un adulto. Ma sentiamo che cosa ti propone. Lo sai che è più furba di una volpe e che ne sa sempre una più del diavolo.

– Intendo dire – ha ripreso lei – che bisogna creare un nuovo equilibrio: prima era solo fra due persone, ora deve assestarsi fra tre. Per riuscirci, però, dobbiamo escogitare qualche occasione...

– ... in cui ci si trovi insieme noi tre – ho concluso io la frase.

– Esatto. E quale migliore occasione di una bella merenda?

– Dove?

– Qui a casa nostra.

– Mamma... sei grande!

Quella sera non riuscivo a prendere sonno. Ad occhi aperti mi immaginavo con Gabri ed Elvis, uniti e amici. Insieme in giro in bici, o nella stessa squadra di calcio, oppure seduti allo stesso tavolo, tra battute e risate, a fare i compiti a casa, risolvendo radici quadrate o analisi logiche.

Non sapevo ancora quanto mi trovassi così vicino e allo stesso tempo così lontano dalla realtà che avrei presto vissuto.

Dalle parole ai fatti

Passare dalle parole ai fatti è sempre un po' difficile. Anche se l'idea della mamma mi era subito parsa vincente, riuscire a metterla in pratica comportava delle difficoltà. Gabri era sempre alle prese tra nuoto e impegni vari; Elvis non veniva a scuola tutti i giorni e al pomeriggio non sapevamo dove andasse: insomma, per un paio di settimane non ero riuscito a combinare l'incontro desiderato.

Il primo sabato non piovoso la fortuna è venuta in mio aiuto: ci siamo ritrovati al campetto con tutti i nostri amici. Eravamo eccitati e nessuno sembrava preoccuparsi se era rimasta qualche pozzanghera di fango.

Non era proprio possibile mettere insieme delle vere e proprie squadre per una partita come si deve, così si giocava un po' a scartarsi come capitava o a tirare in porta.

Io ero passato a chiamare Gabri a casa sua; lui era venuto, ma non mi aveva quasi rivolto la parola. Elvis invece era arrivato più tardi per conto suo, come sempre.

Gabri mi teneva d'occhio e non ha affatto nascosto una smorfia di insofferenza non appena ha visto quello che lui considerava un rivale.

– Ti pareva! Sarai contento ora che è arrivato il tuo amico! – ha commentato acido verso di me.

Io ho finto di non aver sentito.

Abbiamo giocato per un bel pezzo, fino a quando le nuvole hanno deciso che ci avevano concesso troppa tregua. Mentre calciavamo la palla, ogni tanto lanciavamo uno sguardo al cielo per cercare di capire come sarebbe andata a finire. Nonostante le dita incrociate, gli scongiuri, il tocca–ferro e le danze della non–pioggia improvvisate, ad un certo punto, inesorabile, il primo sonoro "plick" si è abbattuto spietato proprio sopra il mio braccio.

Mi sono fermato. Una goccia di quel genere non voleva semplicemente dire "pioggia", stava a significare "acquazzone imminente".

Simone ha provato a dire:

– Ma dai che non piove... è solo qualche goccia!

Abbiamo ripreso, anche perché nessuno di noi aveva la minima intenzione di smettere di giocare, poi però le gocce hanno iniziato a cadere con più frequenza e intensità. Ci restava ben poco tempo per cercare un riparo. In men che non si dica si è quindi assistito ad un fuggi fuggi generale, chi a piedi, chi in bici. È stato in quel momento che ho davvero saputo prendere al volo l'occasione.

– E adesso dove vado? I miei sono andati a fare la spesa e io non ho le chiavi di casa – urlava Gabriele già mezzo bagnato.

– Vieni da me! – ho subito risposto.

Poi, approfittando della confusione generale, mi sono girato verso Elvis che aveva parcheggiato la sua bici vicino alla mia e senza dargli il tempo di rispondere gli ho detto, quasi fosse un ordine:

– Presto, seguici!

Colto di sorpresa, sotto l'acqua che bucherellava sempre più i nostri vestiti, non ha saputo reagire e ci ha seguiti.

Abbiamo pedalato velocissimi verso casa mia, sotto l'acquazzone che ci impediva di comunicare. Io e Gabri eravamo davanti perché sapevamo già la strada, Elvis era dietro. In cinque minuti eravamo nell'atrio del palazzo.

– Dai salite – ho detto. – Ci facciamo una bella merenda.

È stato allora che ho visto l'esitazione negli occhi di entrambi.

– Io non sono mai entrato nella casa di un gagè – ha detto Elvis.

– Di che? – ha chiesto Gabri.

– Oh, niente. Non farci caso – gli ho bisbigliato io, accompagnando la frase con un gesto del tipo "lascia perdere".

Ho suonato e la mamma è venuta ad aprirci. Elvis e Gabri non si erano ancora scambiati una parola, entrambi imbarazzati, chi per una ragione, chi per un'altra.

– Ma guarda come siete conciati! Non potevate smettere di giocare un minuto prima che si scatenasse l'uragano?

– Ciao mamma – le ho risposto, abituato ai suoi rimproveri. – Siamo venuti a fare merenda; cosa ci prepari di buono? Ah, lui è Elvis, il nostro nuovo compagno di classe.

E ho condito la frase con una strizzatina d'occhi d'intesa fra lei e me.

– Bene. Che cosa volete mangiare?

Non sapevo se i rom avessero abitudini diverse dalle nostre per quanto riguarda il mangiare. La merenda, per esempio, non credevo che fosse tra le loro abitudini. Elvis mi ha infatti guardato con aria interrogativa. Forse mi sono sentito un po' piccolo e viziato al suo confronto, ma questo non mi ha impedito di chiedere subito una bella cioccolata calda con biscotti per tutti e tre.

– Prima dovete togliervi il maglione bagnato e asciugarvi i capelli, altrimenti vi prenderete di sicuro un bel raffreddore! – ha detto la mamma.

Fino a quel momento stava filando tutto liscio. Gabri non si era ancora rivolto una sola volta a Elvis, ma almeno stavamo tutti e tre insieme. Nessuno litigava, anzi era tutto fin troppo tranquillo.

Togliendoci la felpa, però, Elvis ha mostrato la maglietta

che aveva sotto: era quella della rana, e logicamente Gabri l'ha notata subito.

– Oh, la maglietta dell'amicone!

Una bastonata in testa mi avrebbe lasciato meno tramortito.

– Sì – ha risposto Elvis. – Questa maglietta mi ha fatto essere amico di Nico. È bella, vero?! Però non l'ho comprata e non me l'ha data lui: l'ha presa mia sorella al Centro. Lì trovo i vestiti belli e non mi vergogno più quando entro in classe.

Gabri è diventato bianco. Deve aver finalmente compreso che aveva esagerato con tutte quelle inutili storie e gelosie su Elvis. Infatti, quello era un comportamento insolito per lui, che era di solito sempre ben disposto verso tutti.

– Già... – ha sussurrato quasi imbarazzato, forse vergognandosi di quanto aveva detto e pensato fino a quel momento. Poi, ha sorriso tranquillo.

"E vai!" mi sono detto dentro di me. Ero felice, ma avevo bisogno di qualcosa di più, di un altro inequivocabile segnale di pace con me e di maggiore apertura verso Elvis. Ci voleva ancora almeno una conferma.

– ... E toglietevi anche le scarpe se sono bagnate! – ha urlato la mamma dalla cucina.

– Tolte! – ho prontamente risposto, mentre io e Gabri ci levavamo quelle spugne inzuppate.

Elvis aveva ancora ai piedi i suoi inseparabili scarponcini per tutte le stagioni.

– Io non posso.

– Perché?

Una pausa di silenzio e la testa bassa.

– Non ho i calzini.

Chi sono i veri amici? Sono quelli che ci fanno sentire uguali a loro, quelli con cui ci sentiamo a nostro agio anche nelle situazioni difficili. Questo volevo essere io per Elvis e questo avrei voluto che ciascuno di noi fosse per gli altri due. Evidentemente, in fondo in fondo, anche Gabri stava già accettando quest'idea e mi ha battuto sul tempo, perché, dopo un brevissimo sguardo divertito rivolto a me, come di chi stesse per combinarne una, ha risposto:

– Neppure noi!

E si è messo a piedi nudi, ridendo. La stessa cosa ho subito fatto anch'io a ruota, e infine Elvis.

Capitolo 9

Sentirsi in armonia con gli altri

Da giorni provavo una bellissima sensazione quando mi trovavo con Elvis e Gabriele. Avevamo chiesto alle professoresse di essere tutti e tre vicini di banco e ci era stato concesso. Elvis, del resto, faceva passi avanti, scrivendo in modo sempre più corretto.

Per il comportamento invece la nostra vicinanza sembrava non soddisfare molto gli insegnanti, che, almeno una volta al giorno, minacciavano di separarci, ma che poi non lo facevano perché la Giusti metteva sempre una buona parola per noi, vedendo di buon occhio la nostra nuova unione a tre.

Aiutavamo Elvis in ogni materia, tranne che in ginnastica: non c'era nessuno in classe in grado di gareggiare con lui in velocità e precisione in tutti gli esercizi o giochi. Questo, nonostante la sua statura, che lo rendeva un po' impacciato in alcuni movimenti, per esempio quando palleggiava durante le sfide a basket in palestra.

Di pomeriggio, ci incontravamo a casa mia o in casa di Gabri e facevamo i compiti insieme.

Anche i nostri genitori avevano accolto di buon grado quella nuova amicizia e la presenza di Elvis in casa. Spesso non si limitavano ad "accettarla", ma sembrava quasi che si fossero presi a cuore la sua situazione. Ciò era del tutto normale da parte di mia mamma, ma vedevo addirittura una punta d'orgoglio nei suoi occhi nel riconoscere in me tutti quegli atteggiamenti che lei stessa aveva con le persone che si rivolgevano al Centro. Invece era una cosa un po' inaspettata da parte dei genitori di Gabri. Loro non mi erano mai sembrati così "aperti". Più di una volta li avevo sentiti brontolare ad alta voce per la presenza in Italia degli immigrati che non facevano altro che portare via il lavoro agli italiani e via dicendo.

Con Elvis però non erano affatto così e non vedevano in lui "lo straniero", forse perché era amico del figlio. Qualche volta gli fornivano perfino il materiale scolastico di cui poteva aver bisogno. Quella buona disposizione nei confronti del ragazzo era nata per una precisa ragione e in una specifica occasione. Per prima cosa si erano sicuramente accorti del cambiamento di Gabriele, di come fosse diventato più allegro e più deciso nelle sue scelte.

Un episodio in particolare, però, aveva scatenato una grande simpatia da parte loro nei confronti del giovane rom, un episodio avvenuto un pomeriggio a casa mia.

– Scusa Elvis, ma perché i tuoi ti hanno dato questo nome? – gli avevo chiesto a bruciapelo. – È un nome comune tra di voi?

– Ma che dici? Tu non sai chi è Elvis?

Io e Gabri ci eravamo guardati con aria interrogativa.

– No...

– Allora la prossima volta ve lo faccio sentire.

Due giorni dopo, Elvis era arrivato da Gabri con due cassette da registratore senza alcuna custodia, semplicemente infilate nella tasca dei jeans.

– Metti queste e ascoltate!

Gabri si è subito preoccupato per il suo stereo

– Ma non hai un cd? Le cassette funzionano ancora?

– Sì, sì, io le ascolto sempre.

Era una qualche garanzia, così Gabriele accese il vecchio stereo della madre e infilò i nastri. All'inizio si sentì qualche fruscio e ronzio, poi partì una musica con la chitarra, il basso, la tastiera e la batteria; una musica piena di ritmo, cantata da una voce maschile forte, profonda, ma melodiosa.

– Questo è Elvis, Elvis Presley. È un famoso cantante americano di tanti anni fa; a mio papà è sempre piaciuto così tanto che ha voluto a tutti i costi mettermi il suo nome! – ci ha spiegato pieno di entusiasmo.

La musica era davvero trascinante.

– Forte!

– Troppo forte!

Era un vero e proprio rock'n' roll e ci pareva di averla già sentita qualche volta, chissà dove. Di certo era una musica d'altri tempi, molto diversa rispetto a quelle che sentivamo noi.

Io e Gabri ci siamo subito improvvisati musicisti di un complesso e abbiamo iniziato a suonare su strumenti immaginari come durante un concerto. Io facevo finta di suonare la chitarra e lui la batteria; se avessimo avuto davvero tra le mani degli strumenti veri si sarebbero sicuramente rotti con la forza che mettevamo. Suonavamo con salti, giravolte e scivolate sul pavimento, come avevamo visto fare nelle scene di concerti rock alla tv.

Una band senza cantante non vale niente, così Elvis ha afferrato tra le mani la sua penna e l'ha usata come microfono, mimando il solista e cantando il testo in inglese, che conosceva a memoria.

Ciò che però ci ha stupìto di più è stato il modo in cui si muoveva. Ballava con tutto il corpo a ritmo di musica e in una maniera davvero bella a vedersi, probabilmente imitando il vero Elvis. Sembrava pronto per un'esibizione sul palcoscenico e, al suo confronto, noi due sembravamo solo delle marionette.

A quel punto è entrata la mamma di Gabri, incuriosita dalla musica a tutto volume. Noi non abbiamo smesso e lei ha sgranato gli occhi in modo evidentemente divertito, poi è uscita subito, senza dirci nulla. È rientrata dopo pochi attimi, accompagnata da suo marito.

Ebbene... lì è scoccata la scintilla della simpatia dei due genitori verso Elvis.

La mamma e il papà di Gabri, anziché sgridarci per la confusione e spegnere lo stereo, si sono buttati in un divertente ballo a ritmo di rock, sorridendo felici. Si allontanavano e si avvicinavano tenendosi stretti per una mano; si arrotolavano e si srotolavano l'una sul braccio dell'altra. Ad un certo punto lei è perfino scivolata sul pavimento, tirata dalle braccia di lui, passando sotto le sue gambe messe a ponte. Insomma ne hanno fatte davvero di tutti i colori, mentre noi ci siamo fermati, guardandoli stupìti.

Finita la canzone, la mamma di Gabriele, ancora accaldata, ha chiesto:

– Da dove viene questa musica?

Gabri ha spiegato tutto.

– Sei bravo a ballare, Elvis – ha detto il papà.

– Lo faccio sempre a casa, quando non ho voglia di andare fuori.

Il più stupìto di tutti però era Gabri che non aveva mai visto i suoi genitori così emozionati e divertiti durante un ballo.

– Be' non ti sei mai interessato di rock'n' roll e non ce lo hai mai chiesto – gli ha spiegato il padre. – Io e tua madre siamo stati ballerini di rock acrobatico da giovani: è stato proprio sulle piste da ballo che ci siamo conosciuti.

A quel punto mi è venuto spontaneo pensare che forse anche i miei genitori avevano qualche dote nascosta di quel tipo, ma ho fatto fatica a immaginarli in una situazione del genere, soprattutto mio padre, con il suo fisico non proprio scattante.

***

In breve la musica di Elvis Presley è diventata la colonna sonora dei nostri incontri pomeridiani. Ci stavamo anche specializzando ad usare tutti gli strumenti di una vera band: il basso, la tastiera, il sassofono, visto che in chitarra e batteria eravamo già quasi degli assi.

Il suonare era diventato per noi così divertente che ad un certo punto ci è venuta l'idea di farne partecipe il resto della classe.

Così un giorno, dopo averne parlato tra di noi, abbiamo fatto la nostra proposta alla Giusti.

– Prof, perché non facciamo un concerto invece della solita recita di fine anno?

– Che cosa intendi, Nico?

– Che possiamo prendere una musica e fare finta di suonarla.

– E noi che facciamo? – ha commentato Luigia.

– Ha ragione Luigia, voi "suonate" ma che cosa fanno gli altri? – ha subito ripreso l'insegnante.

– Ballano... – ha aggiunto timidamente Elvis.

Silenzio di tomba.

Le nostre compagne quindi hanno preso la palla al balzo e, dopo un breve attimo di stupore, sono state contentissime della proposta di Elvis; i maschi, invece, guardavano me ed Elvis, che avevamo fatto la proposta, con molta perplessità.

– Be', si potrebbe anche fare... – ha concluso frettolosamente la Giusti. – Proponete delle canzoni e dalla prossima settimana vediamo quello che viene fuori. Potremmo fare dei rientri... facoltativi, ma nessuno si illuda di mancare se non per un validissimo motivo! Se tutti si impegneranno, avrete il vostro concerto!

– La musica la porta Elvis – ho aggiunto io, obbligandolo così a non mancare mai alle prove.

Elvis mi ha guardato un po' divertito, ma anche un po' preoccupato per la responsabilità.

– E io porto i maestri di ballo – ha aggiunto Gabriele.

– Tu? – hanno chiesto tutti in coro.

– Sì, io.

– E chi sarebbero?

– Lo vedrete.

Capitolo 10

La preparazione dello spettacolo

La preparazione dello spettacolo era iniziata con il classico "discorsetto a tormentone" della Giusti. Il giorno della prima prova, la prof ci ha chiesto, infatti, di sederci per terra in palestra, per parlare appena un attimo. Sapevamo che quell'"attimo" sarebbe inesorabilmente durato almeno mezz'ora e così è stato.

– Bene, miei cari ragazzi... questa nuova esperienza vi aiuterà di certo a migliorare e a far nascere lo spirito di collaborazione nel gruppo, ma dovrete stare attenti...

Quindi ci ha elencato tutta una serie di consigli, indicazioni e raccomandazioni di ogni genere. Infine ha concluso che con il ballo avremmo avuto un contatto fisico più stretto tra di noi, ci saremmo sentiti vicini e uguali, e, soprattutto, ci saremmo divertiti molto di più.

Era senz'altro vero che per riuscire a preparare uno spettacolo dovevamo saper unire i nostri sforzi, mettendo da parte le solite piccole o grandi rivalità; per cantare o per ballare davanti ad un pubblico dovevamo superare la vergogna e diventare orgogliosi e capaci di coordinare il nostro corpo.

Finalmente siamo passati alla fase operativa. Per prima cosa abbiamo ascoltato e scelto le musiche. Ognuno aveva portato quelle che gli piacevano di più e ce n'erano davvero di tutti i tipi: canzoni e musiche all'ultima moda che accontentavano qualcuno, ma scontentavano altri, rischiando di ricreare quei piccoli contrasti che la Giusti aveva appena chiesto di imparare a superare.

Elvis ha portato la musica di Elvis Presley e il ritmo ha fatto subito presa su tutti quanti, comprese le professoresse, che lo conoscevano già. Alla Giusti si erano infatti affiancate la professoressa Blanca, di storia dell'arte, e la professoressa Pizzi, di musica; anche la Grandi aveva dato la propria disponibilità a dare una mano, ma quel giorno non si era fatta viva.

Per quanto il rock'n' roll fosse piaciuto a tutti, c'era chi non se la sentiva di ballare; sono stati così attribuiti subito dei ruoli diversi, in modo che tutti potessero dare il proprio contributo per il successo dello show e sentirsi partecipi, ognuno a modo proprio. C'era chi avrebbe presentato, chi suonato, chi cantato e chi ballato. Io ero alla chitarra, Gabriele alla batteria e altri maschi al sassofono, alle trombe, alle tastiere e al basso. Cinque ragazze hanno formato il coro. Al microfono è stata scelta una presentatrice e come cantante solista Simone, che parla inglese meglio di tutti, anche se nello spettacolo avrebbe fatto solo finta. Tutti gli altri alunni avrebbero ballato a coppie.

A parte un po' di imbarazzo iniziale e qualche battutina volante sull'amore e sul matrimonio tra alcuni di noi, tutto sarebbe potuto filare quasi liscio. Insomma, superato il primo momento non ci sarebbero state troppe difficoltà: eravamo tutti compagni di classe da tempo e ci conoscevano bene. L'abbinamento si sarebbe quindi svolto semplicemente, se non avessimo avuto in classe un compagno rom.

Infatti, al momento di formare le coppie, si era improvvisamente creato il vuoto attorno a Elvis, visto che nessuna delle nostre compagne aveva intenzione di unirsi a lui. La situazione poteva diventare davvero pesante. Gabriele e io ne avevamo già parlato tra noi, ma ci era sembrato subito chiaro che non potevamo intervenire in alcun modo per aiutare il nostro amico. Ci pareva decisamente brutto andare da quella o quell'altra compagna di classe per chiederle per favore di fare coppia con Elvis; sapevamo benissimo che a lui non sarebbe affatto piaciuto. E poi non ci sembrava neppure giusto: Elvis era davvero in gamba a ballare, più in gamba di qualunque altro compagno. Bisognava allora che fosse "scelto" e non semplicemente accettato.

Comunque quel venerdì le prove sono durate poco e ci siamo più che altro divertiti a scatenarci un po' con la musica, senza che nessuno di noi badasse a ciò che facevano gli altri. Sembrava che la necessità di andare in sintonia col gruppo non fosse affatto entrata nelle nostre teste, nonostante le parole della prof.

L'occasione favorevole è arrivata invece il venerdì successivo, quando si sono presentati a scuola i due maestri di ballo, vestiti in tuta da ginnastica: si trattava ovviamente dei genitori di Gabri.

Non vi dico la sorpresa di tutti i nostri compagni quando se li sono trovati davanti e li hanno riconosciuti. Dapprima li hanno guardati con sorrisi scettici, poi, appena li hanno visti ballare, tutti sono sembrati entusiasti. Partita la musica, infatti, la loro esibizione in palestra è stata davvero spettacolare: passi veloci, cambi di posto, piccole acrobazie, infine il fulmineo passaggio sottogamba che avevo già visto a casa di Gabriele. Hanno letteralmente fatto impazzire tutti, strappando un sonoro applauso.

Inoltre vedere che si muovevano a quel modo aveva fatto capire alla classe che la voglia di ballare, o almeno il piacere della musica, accomunava tutti e tutte le età.

– Ora dobbiamo cercare di muoverci come loro, almeno il più possibile... – ha commentato la Giusti.

Ripartita la musica, tutti i "ballerini" dello spettacolo si sono lanciati in danze entusiasmanti, anche se all'inizio nessuno mostrava un minimo di movenze rock: ognuno badava solamente ai propri movimenti, senza fare attenzione agli altri. Solo Elvis si distingueva per capacità.

Terminato il brano, i due maestri ci hanno guardato con un'aria sconsolata. Evidentemente non volevano offenderci, ma non volevano neppure nasconderci che c'era parecchia strada da percorrere per arrivare ad un buon risultato. Per di più, si doveva ballare in coppia e questo significava andare a tempo in due.

– Per iniziare vi mostriamo i passi più facili per muoversi in coppia – ha detto "il maestro".

– Forza, mettetevi tutti quanti in cerchio e guardate bene. Mi vorrei fare aiutare da uno di voi che mi sembra già abbastanza esperto. Vieni Elvis – ha annunciato la mamma di Gabri, suscitando lo stupore di molti.

Io non so quanto la sua capacità di ballare sia una dote naturale e quanto invece dipenda dall'esercizio e dall'allenamento. Forse Elvis aveva semplicemente voglia di fare una bella figura, mostrando qualcosa di sé in cui riusciva bene. Fatto sta che è stato scioltissimo ed è andato perfettamente a tempo, come se avesse fatto da sempre coppia fissa nelle sale da ballo con la mamma di Gabriele.

Inutile dire che tutta la classe è rimasta a bocca aperta ad ammirarlo con la stessa espressione che avevamo avuto noi qualche settimana prima.

– Ok, avete visto bene? – ha domandato alla fine il padre di Gabriele, mentre i due ballerini riprendevano fiato. – Adesso possiamo formare le coppie!

In quel momento è avvenuto il miracolo: come attirate da una calamita, varie compagne si sono avvicinate a Elvis quasi assediandolo.

Era bastato così poco per far cadere molti pregiudizi su di lui, almeno in materia di ballo! La prof, del resto, ci aveva avvisato: "Le esperienze vissute col corpo avvicinano le persone". Se prima il concetto poteva anche non esserci completamente chiaro, a quel punto era diventato addirittura lampante.

Per fortuna è intervenuta subito la prof di musica togliendolo dall'imbarazzo e imponendo la sua decisione nella formazione delle coppie. A Elvis è capitata Mara, una ragazza sempre precisa e perfettina, pulita e ordinata in tutto quello che faceva. Era forse, tra le ballerine, quella che desiderava meno delle altre avere come compagno di ballo Elvis e io ho pensato che proprio per questo motivo era stata scelta lei. La Pizzi, su suggerimento della Giusti, voleva forse vedere se la ragazza sarebbe riuscita a mettere da parte il suo rigido perfezionismo per accettare di ballare con uno come Elvis.

Stabiliti gli abbinamenti, la musica è ripartita; il brano era lo stesso di prima.

– Tenetevi per una mano e muovete i piedi, forza, ritmo! – la mamma di Gabriele dettava i movimenti da compiere. – Su, avanti, senza fermarsi! Vedrete che presto diventerete veri ballerini! Muovete anche il braccio libero, alzatelo. Tutto il corpo deve essere scosso dall'energia del rock... E i musicisti che fanno, non suonano? E i cantanti?

In breve ognuno è entrato nel suo ruolo: c'era chi suonava, chi cantava, chi pensava alle luci, chi ai suoni... In sostanza, si iniziava a vedere qualcosa di positivo.

Se qualcuno fosse entrato in quel momento in palestra, non avrebbe certamente detto di trovarsi in una scuola. Una cosa era certa: tutti si stavano divertendo, avvolti nel frenetico abbraccio del rock'n roll.

Sfumata la musica, ci siamo buttati a terra, stremati ma felici.

– Cavolo Elvis, sei bravissimo! Dove hai imparato? – gli ha chiesto Mara.

– A casa...

– Certo che se tu fossi bravo a scuola come nel ballo e magari fossi anche più ordinato...

– Gagè – ha risposto Elvis a mezza voce, ma con un'aria quasi di insofferenza e di compatimento.

– Come? – ha chiesto Mara.

– *Va be'*... ho detto *va be'* – ha cercato di salvare la situazione il ragazzo, fingendo.

– Sì, va bene, pazienza. Sei simpatico anche così.

Naturalmente la conversazione non era passata inosservata: tutte quelle pettegole delle nostre compagne avevano sbirciato Mara ed Elvis e avevano notato il loro chiacchierare amichevole.

Erano i primi effetti positivi di quello spirito di gruppo voluto dalla Giusti, o tra loro stava nascendo una tenera amicizia? In effetti anche io e Gabriele siamo rimasti un po' sorpresi dall'improvvisa gentilezza di Mara verso di lui.

Al suono della campanella, siamo usciti di corsa: ci saremmo ritrovati il giorno seguente al campetto per la partita.

Capitolo 11

Sabato pomeriggio, ore tre

Sabato pomeriggio, ore tre. Io e Gabriele eravamo già arrivati al campetto ma Elvis ancora non c'era. Ci siamo seduti a bordo campo, guardando distrattamente gli altri che giocavano. Il discorso però è tornato su quanto era avvenuto il giorno prima.

– Ieri è stato davvero forte – ho detto io.

– Sì, chi se lo aspettava quel colpo di scena finale con Elvis e Mara. Sono la coppia dell'anno.

Ci siamo scambiati un sorrisetto divertito. Si erano fatte intanto le tre e mezza, ma Elvis ancora non si vedeva.

– Iniziamo a giocare, tanto prima o poi arriva.

Siamo entrati ciascuno in una squadra tra quelle già in campo. Il tempo è volato via fra un passaggio, un contrasto, pochi goal e tantissimi falli. In un battibaleno sono arrivate le cinque e qualcuno ha iniziato a tornare a casa.

– Ma che fine avrà fatto Elvis? – ha detto Gabriele un po' preoccupato.

– È strano... Non rinuncerebbe mai alla partita di pallone del sabato.

– A meno che non ci sia qualche buona ragione...

– O qualche motivo grave.

Ci siamo guardati per un momento seri, poi ho proposto:

– C'è qualcosa che non mi quadra. Andiamo a vedere.

– E dove?

– Da lui.

– Io non so dove abita, non ci sono mai stato.

– Neppure io, ma me lo ha spiegato: sta nei prati di fianco ai capannoni delle fabbriche.

– Ok, andiamo.

Abbiamo pedalato veloci e silenziosi, con la fretta di arrivare e di capire. Era per noi la prima volta che entravamo in un campo rom e, anche se nessuno dei due osava ammetterlo, avevamo entrambi una certa paura.

Elvis era nostro amico, ma che cosa potevamo aspettarci da tutti gli altri? E dalla sua famiglia?

Avvicinandoci alla meta, sentivamo una pesantezza nell'aria, una specie di presentimento.

Il campo alla destra dei capannoni era pieno di roulotte più o meno grandi e allineate su due file. Proprio davanti alla zona d'accesso, all'inizio di quella specie di corridoio, era radunata una piccola folla chiassosa. Abbiamo anche riconosciuto la luce lampeggiante delle auto della polizia e dei carabinieri.

Man mano che ci avvicinavamo ci sentivamo sempre più spaventati, ma il desiderio di sapere che cosa stesse succedendo al nostro amico ci spingeva ad andare avanti. Il rumore di voci e di urla si faceva più forte e abbiamo iniziato a capire il senso di alcune frasi.

– Non li vogliamo!

– Se ne devono andare!

– Da me sono già venuti i ladri in casa!

Altri discorsi sembravano invece di tipo diverso.

– Siete dei razzisti incivili!

– Vorrei vedere come fareste voi a sopravvivere nelle loro condizioni!

– E i diritti delle persone ve li siete dimenticati?!

Poi c'erano polizia e carabinieri che sembravano più che altro voler calmare tutta quella tensione.

La situazione ci è parsa del tutto chiara: c'erano due gruppi a confronto. Da una parte si vedevano alcuni adulti (e mescolati tra loro c'era anche Claudio, il bullo di terza media) che protestavano per la presenza dei nomadi nella zona. Dalle loro parole appariva chiaro che attribuivano ai rom i furti d'appartamento degli ultimi tempi. Dall'altra parte c'erano altri che sembravano voler prendere le difese dei rom. C'erano uomini e donne e...

– Mamma!? – ho esclamato vedendola tra quelle più arrabbiate del secondo gruppo. – Che ci fai qui?

Lei si è staccata dal gruppo e mi è venuta incontro.

– Che cosa diavolo ci fate voi?! Non dovreste essere al campetto a giocare?

– C'eravamo fino a dieci minuti fa, poi però abbiamo deciso di venire a vedere perché Elvis non si è presentato.

– Non vedi? È dal primo pomeriggio che quelli là – disse indicando l'altro gruppo – si sono piazzati qui davanti per sorvegliare i rom e spaventarli, cercando di non fare uscire nessuno dal campo. Vogliono cacciarli via! Ma dove vuoi che vadano? È così dappertutto, vengono sempre rifiutati. Ora però tu e Gabri andate a casa!

– No, noi stiamo qui! – è intervenuto Gabriele in modo così deciso da sorprendermi. – Vogliamo aiutare Elvis!

Anche la mamma è rimasta spiazzata da quella risposta decisa.

– Già... Elvis. Avete ragione; quelli che ci vanno di mezzo alla fine sono proprio le famiglie come la sua. Qui, dentro queste roulotte, si nascondono anche dei delinquenti, ma è la stessa cosa che accade tra di noi. Le pecore nere ci sono dappertutto e chi paga per loro sono spesso quelli che non c'entrano niente e che sono solo vittime dei pregiudizi della gente.

La mamma aveva proprio ragione. Guardando verso le finestre delle casette su due ruote si vedevano, infatti, spuntare le faccine dei piccoli rom con l'aria spaventata per quello che stava accadendo. Erano però anche rassegnati, come chi aveva già vissuto innumerevoli volte quella situazione. I loro occhi, intensi e scuri come il legno di ebano o azzurri come il cielo limpido di primavera, seguivano la scena da dietro i piccoli finestrini.

Poi le forze dell'ordine hanno avuto la meglio sui manifestanti e disperso la folla minacciosa che si è allontanata su auto, nervose e rombanti.

– Non finisce così! – urlavano i più agitati mentre si allontanavano.

Io e Gabriele abbiamo concordato con la mamma che ci saremmo fermati ancora per poco, giusto il tempo di vedere Elvis e di parlargli. Poi saremmo tornati a casa.

La mamma è salita in auto con Ugo, anche lui lì. Vedendolo mi è tornata in mente la telefonata preoccupata che si erano fatti settimane prima. Probabilmente al Centro era già giunta voce che qualcuno si stava organizzando per protestare contro i rom e per cacciarli dal quartiere, come se fossero loro i responsabili delle disgrazie personali di ciascun abitante della zona.

– Mi raccomando – ci ha detto mamma, – non fatemi stare in pensiero. Io intanto avviso i tuoi, Gabri, che ritardi un po' perché sei con Nico, ma non starò a raccontare tutto per non farli preoccupare. Promettimi che lo farai tu, appena sarai a casa.

– Ok, promesso.

– Guardate che qui mi conoscono quasi tutti e si fidano di me; se avete problemi ditegli chi siete e vi tratteranno sicuramente bene.

Mentre mia madre si allontanava, mi chiedevo se esistesse al mondo un altro genitore così aperto, così fiducioso verso la gente.

– Chissà dove sarà Elvis? – mi ha chiesto Gabri, distogliendomi dai miei pensieri.

– L'accampamento non è troppo grande, lo troveremo presto – ho risposto io.

Abbiamo lasciato le bici appoggiate al palo di un lampione e percorso il vialetto centrale del "villaggio", tutto occupato dalle roulotte. Alcune erano più grandi, altre più piccole, alcune dall'aspetto curato e ben tenuto, persino con vasetti di fiori poggiati su piccole mensole appese ai finestrini, altre spoglie e un po' malandate. Vicino ad alcune sostavano grosse auto, apparentemente da ricchi, a giudicare dalle marche e dalle dimensioni, ma a guardarle bene si trattava di modelli ormai vecchi, con carrozzerie opache, graffiate e ammaccate.

Mentre scavalcavamo qualche pozzanghera di fango rimasta dalla pioggia dei giorni precedenti, ho capito perché Elvis aveva sempre ai piedi quegli scarponcini grossi, utili per affrontare in tutte le stagioni quel percorso ad ostacoli.

Poi abbiamo visto la sua bici sgangherata vicino ad una delle ultime roulotte e ci siamo avvicinati.

Capitolo 12

Il suo sguardo

Elvis era là. Il suo sguardo assomigliava a quello dei bambini spaventati che avevamo visto fare capolino dagli oblò delle roulotte. Ma non appena ci ha notato si è illuminato di colpo, ha sorriso e ci è corso incontro.

– Che cosa ci fate voi qui? – ha chiesto con un'evidente espressione di sorpresa e con una luce negli occhi.

– Non ti abbiamo visto al campetto e siamo venuti a cercarti...

Dopo un lieve sorriso, lui si è di nuovo fatto scuro in volto.

– Ma qui è brutto... ed è pericoloso – ha aggiunto quasi vergognandosi. – È meglio che andate via!

– Ma no, non preoccuparti. La polizia ha riportato l'ordine, quelle persone si sono allontanate...

– Però torneranno. Io lo so, è già capitato altre volte: quando iniziano ad avercela con noi non smettono fino a che non ce ne andiamo.

– Perché ce l'hanno con voi?

– Siamo "zingari", non ti ricordi più? E per loro questa parola vuol dire "ladri".

– ... ma voi non siete ladri e dovete dirlo a tutti, dovete farlo capire a tutti!

– Non è così facile. Anche tra noi ci sono quelli che rubano, ma che cos'altro possono fare? Anche noi abbiamo mogli e figli e nessuno accetta di darci un lavoro, perché non si fidano. E così si va avanti, da sempre. Niente lavoro, allora si ruba, ma finché si ruba, niente lavoro!

Non avevamo mai sentito parlare Elvis in quel modo, con quel misto di rabbia e di tristezza. Per la prima volta lo abbiamo visto sotto un'altra luce.

– Perché adesso mi guardate così?

È seguito un attimo di silenzio che mi è parso lungo un'eternità, pesante come un masso su noi tre.

– Ah, ho capito. Volete sapere se anche nella mia famiglia si ruba...

– No... no Elvis... che cosa dici... noi non... – abbiamo provato a ribattere con imbarazzo.

– Non vi preoccupate, non c'è problema. Sì, è capitato anche a noi e anche a me di rubare, perché non potevamo stare senza mangiare. Però da quando siamo arrivati qui, ci siamo subito rivolti al Centro d'aiuto. Lì c'è un signore che ha fatto trovare lavoro a mio fratello grande, come aiutante di un meccanico: lui è davvero bravo con i motori. Mia sorella invece fa le pulizie. Mio padre va a scaricare le casse dai camion in una ditta. Insomma noi siamo a posto, ma non sono lavori ricchi: loro guadagnano poco e io ho altri due fratelli in casa. Siamo in tanti e dobbiamo mangiare tutti...

Poi il mio sguardo si è involontariamente posato sulla sua bici, tradendo un mio lontano sospetto che anche quella fosse stata rubata.

– Guardi quella? – mi ha chiesto.

Non ho risposto niente ma ho abbassato gli occhi, vergognandomi della mia improvvisa diffidenza nei suoi confronti.

– Non sai quante cose buttate via, voi gagè... L'ho trovata vicino ad un bidone dell'immondizia, era stata abbandonata e l'ho presa.

In quella risposta sentivo un po' il disprezzo di chi ha davvero poco e non capisce gli sprechi di molte persone come me.

– ... così noi andiamo dove voi buttate le immondizie e

raccogliamo quello che c'è, trovando tante cose utili, ancora buone, come quella bici.

Pensai a quante volte era capitato anche a me di lasciar da parte cose che non usavo più e che mia mamma portava prontamente al Centro.

– Be', già che siamo qui perché non ci fai conoscere la tua famiglia? – ha suggerito Gabriele, interrompendo il mio fiume di pensieri.

– Sì, sì. Dai, venite nella mia kampina.

Eravamo già abbastanza abituati alle parole insolite dell'amico, così non abbiamo fatto molto caso al nome dato alla roulotte. I vocaboli con cui Elvis rendeva più curioso e misterioso il proprio linguaggio erano a volte parole simili all'italiano; altre volte sembravano dialetti popolari, come quelli dei nostri nonni; altre volte ancora parevano, invece, provenire da un'altra lingua, così lontana e diversa dalla nostra, che risaliva alle origini antiche del suo popolo.

La kampina di Elvis sembrava piuttosto piccola, vista da fuori, ma da dentro era abbastanza spaziosa. L'interno era avvolto da una luce soffusa e calda, grazie alle tende colorate che filtravano la luce proveniente dai finestrini. Sulla sinistra stava una specie di letto matrimoniale un po' più stretto, sul quale stavano giocando con allegria due bambini piccoli. Seduta sul bordo, li guardava una signora dalla carnagione scura e i lisci capelli neri raccolti sulla nuca. Un'ampia gonna a fiori, simile alla camicetta, la faceva sembrare quasi una bambola, con lucidi occhi scuri.

Proprio di fronte all'entrata c'era una porticina (forse un bagno) e sulla destra si vedevano due lettini messi di traverso.

Gabriele, sempre educato e pronto, ha salutato per primo:
– Buongiorno signora.

I due bambini si sono fermati di colpo. Dopo un breve

scambio di frasi tra lei e Elvis, nella loro lingua, è subito comparso un luminoso sorriso sulla faccia della donna, rivolto proprio a noi. Allora mi sono sciolto anch'io.

– Buongiorno.

Rivolgendosi a noi in un italiano un po' stentato, la donna ci ha detto:

– Voi siete gli amici di Elvis, vero? Sì, lui mi ha detto di voi. Grazie. Siete bravi ragazzi.

– Questa è mia mamma e quelli sono i miei fratelli più piccoli – ha spiegato il nostro amico. – Sono gemelli. Adam e Manuel. Ecco, questa è la mia casa. Adesso vedete che per me non è possibile fare i compiti e tenere i libri come fate voi, per questo lascio sempre tutto a scuola. Con quei due in giro poi è una guerra.

Elvis indicava i due piccoli che avevano ripreso a giocare alla lotta.

– E per lavarti e il resto? – abbiamo chiesto.

– Quello è il bagno, ma è strettissimo. C'è l'acqua solo quando piove e se la cisterna sopra il tetto si riempie. Lo usiamo solo se siamo in viaggio. Quando siamo accampati ci arrangiamo con i bagni che costruiamo di fuori con qualche asse di legno e prendiamo l'acqua da bere alle fontane. Se siamo fortunati, troviamo dove attaccarci ai tubi dell'acquedotto. D'inverno però fa troppo freddo e non ci laviamo per niente; neppure i vestiti possiamo lavare bene perché fuori si congelano. Per fortuna a scuola Gianni mi fa fare la doccia...

– Che vita, Elvis! Io non so se ci riuscirei... – mi sono lasciato sfuggire, provando per lui qualcosa tra l'ammirazione e lo sconforto.

– Sono abituato. Per me è sempre stato così. Ci piacerebbe cambiare, avere una casa, ma costa troppo e non troviamo neppure chi si fida di noi e ce la dà in affitto. Hanno paura che non paghiamo.

– E tuo fratello e tua sorella dove vivono?

– Nella kampina qui di fianco, quella più piccola. Qui non c'è posto! Venite, vi faccio vedere.

Attaccata alla sua si trovava un'altra roulotte, ancora più piccola e ancora più spoglia. In quella di Elvis infatti tutto era abbastanza curato, con qualche soprammobile di porcellana, e, alle pareti, foto di altri paesi attaccate con lo scotch: forse erano immagini di luoghi che ricordavano i loro lunghi spostamenti. Nella roulotte dei fratelli maggiori c'erano invece solo due letti, la solita porticina, un fornello con sotto la bombola del gas, un tavolo e tre panchette. Niente altro.

– È qui che cuciniamo e mangiamo, quando fuori fa troppo freddo.

La nostra attenzione è stata subito attratta da un grosso poster attaccato alla parete sopra una delle due brande. C'era il primo piano di un signore con la pelle liscia, gli occhi e i capelli neri, e il colletto della camicia bianco e rialzato, con un profilo dorato.

– Chi è?

– Come chi è? È il mito, il vero Elvis.

– Presley? – ha chiesto Gabriele. – È lui?

– Già. La passione di mio papà è passata anche a mio fratello Tony. Noi ascoltiamo tanta musica, ma soprattutto ne facciamo. Vedete la fisarmonica lì sopra?

Elvis indicò uno strumento lucido e decorato, riposto sopra un ripiano, che prima non avevamo notato.

– Noi suoniamo quella. Mio padre e Tony la sanno già usare e anche io voglio imparare. Sappiamo un sacco di vecchie canzoni e di ballate nostre. Nelle feste le suoniamo, poi cantiamo e balliamo. Però quando vogliamo mettere una cassetta, sentiamo quasi sempre Presley!

– Metti su qualcosa – l'ho invitato io, avendo visto un vecchio registratore in un angolo, su una specie di comodino.

Elvis ha guardato un po' i nastri lasciati lì alla rinfusa, poi ha scelto un pezzo decisamente scatenato. Tanto che, appena la musica è partita, non siamo riusciti a non metterci in movimento. Nuovamente rapiti da Elvis!

Dopo un po', ci siamo accorti che si era fatto quasi buio ed era il momento di tornare a casa. Perfino mia madre si sarebbe preoccupata se avessimo ritardato ancora. Abbiamo salutato in fretta Elvis, sua madre e i due fratellini, e abbiamo inforcato le bici, dopo esserci dati appuntamento al parchetto per il giorno dopo.

***

A casa mia la situazione non era così serena.

Appena arrivato, la mamma mi ha mostrato le foto che aveva scattato quel pomeriggio davanti al campo e che aveva già scaricato sul nostro computer. Si vedeva anche quella del muro esterno di fianco al Centro d'aiuto con sopra una grossa scritta nera: "VIA GLI ZINGARI DAL QUARTIERE".

Quella frase mi ha colpito come un pugno nello stomaco e la mamma deve averlo capito, perché mi ha subito accarezzato e mi ha tranquillizzato:

– Non preoccuparti, noi non ci arrenderemo!

Quel "noi" ora comprendeva anche me.

Poi si è messa a scrivere una lettera che avrebbe inviato a tutti i giornali locali, ai consiglieri comunali, alla centrale della polizia. L'avrebbe anche fatta girare sul web. Infine con occhi battaglieri ha concluso:

– I diritti delle persone vanno sempre rispettati e difesi! Ricordalo sempre!

Capitolo 13

Una leggera malinconia nell'aria

La fine della seconda media era ormai sempre più vicina e in classe si sentiva una leggera malinconia. Da una parte era chiaro che tutti eravamo dispiaciuti al pensiero di dover lasciare i compagni, proprio ora che iniziavamo ad andare d'accordo senza contrasti; dall'altra era forte la curiosità per ciò che sarebbe capitato in terza, l'ultimo anno: saremmo stati finalmente i più grandi della scuola.

Poi c'era Elvis. La sua vita avrebbe continuato a intrecciarsi con la nostra? La sua famiglia si sarebbe fermata nel nostro quartiere, nella nostra città, o si sarebbe rimessa in viaggio in cerca di luoghi e persone più ospitali? Il lavoro dei fratelli maggiori e del padre sembrava garantire una qualche stabilità, ma le minacce al campo e quelle scritte sui muri erano davvero scoraggianti.

Pensieri brutti e belli sul nostro futuro si mescolavano o si scontravano senza darci il tempo di riflettere a lungo, anche perché eravamo troppo occupati nei preparativi dello spettacolo. Le professoresse avevano voluto aggiungere dei testi per renderlo una specie di recital, con poesie e pensieri sul tempo trascorso a scuola, "veloce e vivace come un rock'n roll", come dicevano loro.

Le parti recitate erano pronte, non restava che impararle a memoria.

Le musiche erano state fornite da Elvis e ormai tutti conoscevano i testi in lingua originale, che non erano neppure difficili da capire, soprattutto dopo che ci erano stati tradotti dall'insegnante d'inglese. Gli strumenti finti erano già stati costruiti, colorati e decorati con colla, corda, cartone, legnetti e fil di ferro.

Grazie alla passione e alla pazienza dei genitori di Gabriele, i miei compagni addetti al corpo di ballo avevano imparato a muoversi a tempo di rock'n roll: chi meglio, chi peggio, chi in modo appropriato, esibendo anche qualche piccolo passaggio acrobatico, chi meno, limitandosi ai passi semplici. Ognuno comunque in maniera personale.

In genere eravamo tutti migliorati nel muoverci a tempo e con scioltezza, a tal punto che i nostri due istruttori avevano proposto e ottenuto che la canzone conclusiva fosse ballata e cantata dalla classe al completo.

Nessuno si è quindi tirato indietro quando i genitori di Gabri hanno presentato la coreografia del balletto finale che, oltre ai movimenti di gruppo, prevedeva che ognuno di noi uscisse a turno dalle file, per mostrare al pubblico un proprio passo originale. Per aiutarci, ci hanno insegnato dei passi base e dei movimenti alla Presley, che potevano essere modificati a piacimento.

Noi maschi ci siamo da subito appassionati al modo in cui la stella del rock'n roll riusciva a ballare sulle gambe, a volte tenendo anche i piedi fissi nello stesso punto. Le femmine invece hanno apprezzato gli ancheggiamenti; la parte che piaceva di più a tutti era però quella delle piccole acrobazie a due, che davano vivacità al ballo.

Insomma ce n'era davvero per tutti i gusti e per tutte le capacità. Era proprio quello il bello: ciascuno di noi aveva saputo adattare in modo personale i passi principali al proprio modo di muoversi e secondo il proprio gusto. E non finiva lì. Anche nelle coppie di ballerini si era notato che ragazzo e ragazza riuscivano ad andare miracolosamente allo stesso tempo.

C'era davvero spazio per tutti ed erano scomparsi quella timida vergogna e quell'impacciato imbarazzo della prima prova. Ci sentivamo tutti più... come dire... più belli, più bravi, più... noi stessi!

Bastava vedere con quale atteggiamento giravamo per il corridoio della scuola all'intervallo, con un'aria di sicurezza "vera" e non "artificiale", come invece era stata qualche volta la mia. Era bello sentirsi fieri di quello che si stava imparando, di ciò che si riusciva faticosamente a fare, e orgogliosi del nostro nuovo modo di essere.

La mamma ci aveva definito "vanitosi"; in effetti non nascondo che a me e a tutti gli altri iniziava a fare piacere essere il bersaglio di certi commentini di ammirazione delle ragazze o dei ragazzi delle altre classi (anche se Gabri diventava ogni volta tutto rosso).

***

In ogni caso il nostro impegno pomeridiano aveva dato i frutti sperati non solo a noi, ma anche alle prof e agli istruttori: la musica e il ballo avevano tirato fuori la parte migliore di tutti noi. Il clima nel gruppo aveva perso, infatti, il carattere di rivalità e di competizione, per diventare quello affiatato che si respira tra amici. La presenza di Elvis non era più sentita come un problema da parte di nessuno, anzi, era vista addirittura come una fortuna inaspettata: Elvis stava diventando la vera e propria "star" della classe. La sua presenza era ormai determinante.

Grazie alla scioltezza del nostro amico, perfino quella *mummia* di Mara aveva imparato a muoversi quasi elasticamente e a ritmo. Insieme avevano infatti esibito una serie di cambi di posizione senza mai fermare il movimento dei piedi e alla fine erano anche riusciti piuttosto bene nel famoso "passaggio sottogamba", con tanto di saltello in uscita da parte della ballerina. I più maliziosi avevano colto anche uno sguardo un po' particolare, qualcosa di "tenero" negli occhi di Mara verso il compagno.

Insomma tutto stava andando nel migliore dei modi.

Capitolo 14

Rumori nella notte

Una sera di metà maggio non riuscivo a prendere sonno per il gran caldo. Il rumore del traffico delle auto per strada faceva da sfondo ai miei pensieri di fine giornata. Quando finalmente le palpebre hanno iniziato a diventare pesanti, il suono di una sirena mi ha risvegliato. "Ambulanza o polizia?" mi sono domandato. Non ho fatto in tempo a rispondermi, che subito ne è passata un'altra, poi un'altra ancora. Incuriosito, mi sono affacciato alla finestra e ho visto i camion dei pompieri che sfrecciavano nella via. È stato solo allora che, alzando lo sguardo, ho notato una colonna di fumo un po' lontano da casa mia, ma comunque abbastanza vicino da provenire da un punto del nostro quartiere. Il fumo era illuminato a tratti dal rosseggiare delle fiamme.

– Un incendio! Dove sarà successo? – mi sono chiesto a voce alta, come se mi attendessi una risposta da qualcuno.

Mia madre era entrata in camera e mi guardava molto preoccupata.

– Sembra che provenga dalla zona industriale... – ha sussurrato preoccupata.

Guardando l'orizzonte notturno cercavo di scoprire il punto in cui poteva esserci il fuoco. Poi improvvisamente, sorpreso da un terribile pensiero, ho avuto solo il fiato per bisbigliare terrorizzato:

– Il campo di Elvis!

Gli occhi spalancati della mamma tradivano la mia stessa preoccupazione.

Poi ho urlato:

– Elvis! Mamma, dobbiamo andare là! Può essere in pericolo!

Non avevamo la certezza che il fuoco provenisse dalle loro roulotte, ma la paura è stata più forte della prudenza. Ci siamo vestiti al volo e in un attimo eravamo tutti e due in macchina. In momenti come questi ci sarebbe voluto anche il papà, ma lui, come sempre, era in viaggio per lavoro e non sarebbe tornato prima di qualche giorno.

Cinque minuti dopo io e la mamma eravamo al campo e lì purtroppo i nostri timori sono stati confermati.

Lo spettacolo era tremendo: una specie di cerchio di fuoco circondava quasi tutto l'accampamento, la gente era uscita dagli abitacoli e si era radunata nel vialetto centrale: chi cercava di aiutare, chi piangeva, chi era terrorizzato. I pompieri avevano fortunatamente già aperto un varco nell'anello di fiamme, sparando potenti getti d'acqua con gli idranti. Le due roulotte che si trovavano in fondo al campo, però, erano ormai incendiate.

– Mamma, quelle sono le roulotte di Elvis e della sua famiglia!

Un nodo alla gola mi ha quasi fermato il respiro, senonché proprio in quel momento ho visto il mio amico e la sua famiglia sani e salvi, con i piccoli in braccio a un ragazzo e a una ragazza, sicuramente il fratello e la sorella maggiori di Elvis. La mamma era accompagnata a braccetto da un uomo sulla cinquantina.

– Elvis, Elvis – ho urlato precipitandomi da lui.

Il mio amico tossiva ancora per il fumo che aveva respirato.

– Stai bene? State bene tutti?

– Sì, siamo salvi, ma quasi tutte le nostre cose sono bruciate.

Lacrime lente e silenziose uscivano dai suoi occhi tristi e scorrevano lungo le guance arrossate.

– È stato bruttissimo... – ha detto, come a voler giustificare quel suo pianto disperato e nervoso.

L'ho abbracciato, anche perché non volevo mettermi a piangere pure io davanti a lui, che aveva ora bisogno di essere consolato.

Intanto uno dei vigili del fuoco si era avvicinato al suo capo, mostrando dei flaconi di alcool vuoti.

– Li abbiamo trovati intorno all'anello di fuoco. Che delinquenti!

– Lo sospettavo: non è stato un incidente... – ha commentato il capo. – L'incendio è stato provocato da qualcuno...

Allora ho sentito crescere in me una grande rabbia. Chi poteva aver compiuto un gesto tanto crudele? Non si era reso conto che potevano andarci di mezzo delle vite umane? Come si poteva arrivare a odiare tanto i Rom?

– Lo prenderete, vero? – ho chiesto quindi al comandante.

– Puoi starne certo. Questi fatti non passano inosservati, soprattutto in un quartiere così abitato. C'è sempre qualcuno che sa e sapeva già prima dell'incendio; vedrai che troveremo presto il colpevole e lo faremo confessare!

Elvis si era allontanato dal campo, raggiungendo la famiglia che era tutta vicina alle ambulanze. Gli infermieri, intanto, prestavano loro i primi soccorsi.

I due piccoli già sorridevano ammirando le luci blu lampeggianti, mentre Tony e Susy, i due fratelli di Elvis, rincuoravano sua madre, che, ancora spaventata, si lamentava ad alta voce:

– *So ca cera ahana?*

– *Dic male, arahlem but svaruri ie auturi hilace.*

– *Kai te ga akana?*

Dopo che Elvis ci ha tradotto quelle parole, mia madre si è rivolta direttamente alla signora Bradic, la mamma di Elvis, dicendole:

– Non si preoccupi, per stanotte potrete dormire al Centro d'aiuto, abbiamo qualche branda di scorta e c'è anche un bagno.

– Grazie tanto... – sono state le uniche parole del padre, guardandola commosso.

– Elvis può dormire da noi... – ho detto io, sorprendendo tutti.

Sua mamma mi ha guardato con occhi carichi di dolcezza e mi ha sorriso: era un segno di grande fiducia nei miei confronti. Avevo capito che per i rom non c'è forse nulla di più caro al mondo che i loro figli; cederli, anche per una sola notte, era per loro un grosso sacrificio, ma in quella situazione di bisogno non si poteva pensare a queste cose.

***

Ero triste per quello che era successo, ma ero anche contento di poter ospitare Elvis a casa mia. Mentre preparavo il secondo letto, la mamma ha aperto la doccia e scelto la biancheria pulita per lui, poi ha messo a scaldare l'acqua sul fuoco per una camomilla.

– Nonostante il caldo, vi farà bene – ha insistito.

Uscito dal bagno e con indosso il mio pigiama che gli andava corto, Elvis aveva un aspetto "più normale", anche se il suo sguardo non lo era affatto. Che pensieri può avere, infatti, un ragazzino costretto a fuggire di notte dalla sua casa, minacciata dalle fiamme, perché qualche incosciente ha deciso di dare fuoco all'accampamento? Non avevo mai conosciuto in vita mia nessun altro a cui fosse capitato un fatto così grave e brutto.

– È buona – ha detto Elvis, sorseggiando la camomilla. La mamma lo ha accarezzato dolcemente sui capelli e lui, sempre così restio, ha lasciato fare.

– Ed ora a letto, abbiamo tutti bisogno di riposo – ha deciso la mamma.

Ci siamo sdraiati. La finestra della camera era ancora aperta, ma la strada si era fatta quasi silenziosa. I nostri letti stavano vicini, quasi attaccati.

Ci siamo guardati negli occhi alla luce del riflesso dei lampioni che entrava debole dalla tapparella alzata. I suoi brillavano anche nel buio.

Ho voluto provare a tranquillizzarlo:

– Non preoccuparti, andrà tutto a posto.

Lui ha sorriso e prima di addormentarsi mi ha risposto:

– Buonanotte, amico mio.

Era la prima volta che mi chiamava così.

Capitolo 15

La mattina dopo

La mattina dopo ci siamo svegliati tardi, verso le dieci.

– La scuola! – ho esclamato di soprassalto, rendendomi subito conto dell'orario, mentre Elvis, che aveva aperto gli occhi proprio in quel momento, non sembrava per nulla preoccupato. Mi sono quindi precipitato in cucina, dove ho trovato un rassicurante messaggio della mamma:

Esco a fare delle commissioni. Vi ho lasciato dormire perché ne avevate sicuramente bisogno. Passo io a scuola a spiegare tutto, non preoccupatevi. Non combinate guai in casa. Ciao. Mamma.

In effetti un buon sonno ci aveva fatto sicuramente bene, vista la nottata precedente. Sul tavolo della cucina la colazione era pronta. Andando in bagno ho visto i vestiti di Elvis già lavati e stesi, ma ancora bagnati, così gli ho fatto scegliere che cosa mettere. Evidentemente avevamo gli stessi gusti nell'abbigliamento e Elvis ha indossato la mia maglietta e i miei bermuda preferiti.

– Adesso... siamo davvero nei guai – ha iniziato lui con tono serio.

– Non avete nessun parente da cui andare? – gli ho chiesto interessato.

– Quelli che ci sono al campo non hanno posto per noi, altri sono lontani. Alcuni sono ancora in Slovenia e sono riusciti a farsi una casa, ma lì c'è poco lavoro ed è difficile vivere tutti insieme. Comunque me lo aspettavo qualcosa di brutto! Dopo quello che è successo al campo quel pomeriggio ero sicuro che sarebbe accaduto qualcosa.

– Secondo te sono state quelle persone, quelle che erano al campo?

– Forse...

– Quel giorno c'era anche Claudio, quel gradasso di terza media. L'hai visto?

– Sì, e ho visto che rideva. Lui ce l'ha con me da quando le ha prese al campetto di calcio. Ha iniziato a seguirmi, poi ha scoperto chi sono e dove vivo.

– Dai, cerchiamo di scoprire se sa qualcosa dell'incendio. Ogni tanto bigia la scuola, lo dicono tutti, e credo di sapere dove va in quelle mattine.

Terminata la colazione, abbiamo preso le bici (gli ho prestato quella della mamma) e siamo usciti. Come prima tappa siamo passati al Centro d'aiuto. Ugo era già lì. Le brande erano state riordinate. Il padre di Elvis, Tony e Susy erano già andati al lavoro, mentre sua madre aveva portato Adam e Manuel al parchetto lì vicino. Ci siamo fermati per salutarli, poi siamo andati alla sala giochi.

Abbiamo riconosciuto subito la bicicletta di Claudio parcheggiata di fuori, e proprio in quel momento è uscito lui. Appena ci ha notato, ha sgranato gli occhi, è montato in sella ed è partito veloce.

Io e Elvis ci siamo scambiati un'occhiata d'intesa, poi ci siamo buttati all'inseguimento. Sembrava proprio di essere in un film d'azione. Claudio pedalava a perdifiato, schivando le auto e infilandosi in stradine secondarie. Noi però riuscivamo benissimo a stargli dietro, soprattutto Elvis, come sempre più veloce di me.

La corsa è andata avanti per un bel po', fino a quando Claudio, non sapendo dove rifugiarsi, si è infilato proprio nel cortile della nostra scuola media, con il cancello aperto, mentre il portone d'ingresso dell'edificio era chiuso.

Siamo entrati anche noi nel cortile e abbiamo chiuso il cancello alle nostre spalle per sbarrargli ogni via di fuga. Abbandonate le bici, ci siamo avvicinati a lui e lo abbiamo bloccato in un angolo. Claudio sembrava immobilizzato dalla paura. D'altra parte la sua fuga aveva dato ragione ai nostri sospetti.

– Lasciatemi stare! – ha urlato.

– Che cosa sai dell'incendio? – sono subito intervenuto io con grande decisione.

– Lasciatemi stare, non è colpa mia! Non ne so niente!

– Non ti crediamo, non la passi liscia – ho ripreso, mentre Elvis teneva la bocca serrata in una smorfia di odio.

– Aiuto! – ha urlato più forte Claudio.

– Così sei stato tu? – ho reagito, azzardando la pesante accusa. – Che cosa avevi intenzione di fare? Bruciare tutto? Non ti sei reso conto di quello che stavi combinando, di che cosa rischiavano quelle persone?

– Io... io non...

A quel punto tutti i ragazzi dalle aule che danno sul cortile si sono affacciati alle finestre, richiamati dalle urla di Claudio.

– Ehi voi! – ha urlato una voce maschile. – Che cosa succede lì?

Mi sono girato e ho riconosciuto il preside alla finestra del suo ufficio. Non gli abbiamo neppure risposto.

– Aiuto! Ma che volete? Io non so niente! – ha urlato di nuovo il bullo.

Elvis aveva un'espressione in volto che non gli avevo mai visto: sembrava trasformato in uno spietato giustiziere.

– Adesso ti faccio pentire di tutto! – ha urlato Elvis avvicinandosi a Claudio, ormai terrorizzato. Poi ha infilato una mano in tasca, muovendola all'interno come se vi stesse impugnando qualcosa.

L'altro ha notato il gesto e ha avuto paura che Elvis tirasse fuori un coltello o qualcosa del genere. Io stesso non sapevo che cosa pensare... Forse aveva con sé un coltellino che era riuscito a salvare dall'incendio; oppure si trattava di qualcosa che aveva preso nella cucina di casa mia, senza che io me ne accorgessi. La situazione stava per diventare davvero grave e io stesso non avevo calcolato né pensato che cosa sarebbe successo in un caso del genere, anche perché non immaginavo che saremmo arrivati così presto ad una svolta decisiva nelle nostre indagini.

Claudio ha chiuso gli occhi e ha urlato ancora più forte cadendo in ginocchio distrutto dalla tensione.

– Perdono... perdono... non volevo... davvero non volevo fare quel disastro... volevo solo mettervi paura... cacciarvi spaventandovi col fuoco... volevo bruciare solo l'erba intorno al campo... non volevo uccidere nessuno!

Era scosso dai singhiozzi che spezzettavano ancora di più le sue parole.

– Volevo far vedere a tutti che sono ancora io il più forte, il più coraggioso e ho obbligato anche i miei amici ad aiutarmi. Loro non volevano, ma io li ho minacciati!

Silenzio totale. Tutti i ragazzi affacciati avevano sentito la confessione di Claudio. Probabilmente molti sapevano già di che cosa stava parlando; la notizia dell'incendio al campo nomadi della zona doveva aver già fatto il giro via sms o col passaparola davanti ai cancelli della scuola.

A quel punto è arrivato il preside.

– Tu vieni su con me! Ti meriti una punizione come si deve! – ha ordinato a Claudio, spingendolo.

Il gradasso aveva certamente fatto altre prepotenze a parecchi ragazzi della scuola, perché in quel momento è iniziato un applauso spontaneo, prima sparso qua e là, poi più generale, accompagnato da fischi di soddisfazione: era probabilmente finita l'epoca della prepotenza di Claudio e dei suoi amici nella nostra scuola.

Io ed Elvis ci siamo incamminati con aria trionfante verso il cancello, accompagnati dagli entusiastici battiti di mano che scandivano gloriosamente i nostri passi. Siamo risaliti sulle bici e ce ne siamo andati. Dopo pochi minuti, sentivamo già la sirena della polizia che si fermava davanti alle medie.

– Che cosa gli faranno? – mi ha chiesto Elvis.

– Non lo so. Non andrà in prigione perché è troppo giovane, ma di sicuro troveranno il modo di punirlo. Da adesso lo terranno sotto controllo.

Ho esitato un momento, ma alla fine ho trovato la forza di porgli una domanda che mi ronzava nella testa e che non ho saputo trattenere.

– Ma tu... Mi dici che cosa stavi prendendo dalla tasca?

– Hai avuto paura, eh?! Già, anche Claudio mi ha guardato in quel momento e forse ha parlato proprio perché ha avuto paura!

– Allora... che cos'era?

– Be'... proprio niente. Solo che questi tuoi pantaloni sono pieni di bottoni e cerniere e mi fanno venire un prurito...

– Prurito...?!

– Sì... mi stavo grattando la gamba attraverso la tasca.

Chi ci avesse guardato in quel momento avrebbe visto due ragazzi che facevano addirittura fatica ad andare in bicicletta per le risate serene che si stavano facendo mentre pedalavano verso casa.

Un pomeriggio al campo rom

Tornati a casa abbiamo ritrovato la mamma e le abbiamo spiegato quello che era appena successo. Lei si è arrabbiata, poi ci ha perdonato perché ha capito che avevamo agito a fin di bene.

Dopo pranzo abbiamo trascorso un po' di tempo a bighellonare e a parlare del più e del meno fino a quando siamo andati a scuola per incontrare i nostri compagni all'ora dell'uscita. Quel martedì, infatti, era stato programmato un rientro obbligatorio di tutte le classi per un recupero d'orario.

Fuori dal cancello abbiamo incontrato alcuni genitori dei nostri compagni: nessuno guardava più Elvis con diffidenza, ma con una sorta di comprensione, forse addirittura mista a un sentimento di solidarietà.

Non appena Gabri ci ha visto dal portone, ha urlato ai nostri compagni di classe:

– Ci sono Elvis e Nico, venite!

E tutti si sono precipitati da noi, iniziando a tempestarci di domande. Poi ci ha raggiunti anche la Giusti.

– Ciao ragazzi. State bene?

– Sì, sì, adesso tutto ok... – abbiamo risposto noi due, in coro.

– Tua mamma, Nico, ci ha raccontato tutto. È stato terribile. Adesso però, Elvis, non ti preoccupare, vedrai, ci daremo da fare tutti per trovare una soluzione per la tua famiglia.

– Avete saputo anche il seguito, vero? – ho detto pieno di entusiasmo.

Ho raccontato di nuovo la storia al completo: l'inseguimento, la cattura, la confessione... e tutto il resto. La parte che si era svolta nel cortile l'avevano già saputa, grazie al passaparola nei corridoi. Poi il discorso ha cambiato direzione e si è iniziato a parlare dello spettacolo di fine anno. Le prove, i costumi da trovare, il gel per i capelli...

– Ehi Elvis, guarda che da domani ti voglio a scuola. Ormai ci siamo e tu non puoi proprio mancare. Sei il mio ballerino! – ha precisato Mara.

Lui l'ha guardata con un sorriso silenzioso, facendole capire che ci sarebbe stato e che era contento di riprendere a ballare con lei.

Poi Gabri ha mollato la cartella a sua mamma, chiedendole di avvisare anche la mia che avremmo fatto un giro insieme; è salito sul portapacchi della bici guidata da Elvis e siamo partiti insieme, salutando tutti. Destinazione campo rom.

***

Appena arrivati, abbiamo sentito subito l'odore di paura, misto a quello di bruciato. Nonostante la bella giornata i bambini erano tutti nelle kampine o appena fuori. Qualche adulto era in giro, affaccendato nelle pulizie, ma con l'occhio sempre attento a chi arrivava e a chi usciva. Al nostro ingresso si sono subito accorti di noi e ci hanno scrutato bene: è stata la presenza di Elvis a rassicurarli, anzi, appena visto, lo hanno circondato per chiedere informazioni sulla sistemazione della sua famiglia. Lui li ha rassicurati tutti.

Alcune roulotte non c'erano più. Il nostro amico si è allora avvicinato ad una donna anziana che, seduta su una sedia di plastica da giardino, indossava una enorme gonna a fiori e guardava un bambino piccolo giocare con dei sassi e dei legnetti, proprio lì ai suoi piedi.

– *Kai hi akana o Oscar, Marina von saure?* – ha domandato.

– *Akana geletar. Daran but ni kamen te aken kate. Geletar pasa e graniza. Misli kai gan ane Italia mozda gan mai dur. Niganav.*

La conversazione si è chiusa senza un saluto né un sorriso, così come si era aperta. Quelle poche parole facevano capire la tristezza che entrambi avevano dentro di sé.

Poi ci siamo avvicinati a ciò che rimaneva delle due roulotte di Elvis. Anche se i vigili del fuoco erano intervenuti velocemente, quelle ormai erano inutilizzabili: ciò che non era bruciato era completamente annerito dal fumo o rovinato dal calore. Sbirciando dentro alla più grande non vi si vedevano più l'ordine e la cura di quando era abitata e il letto su cui giocavano Adam e Manuel era un ammasso di gommapiuma fusa, tra cui si distingueva solo la rete in ferro. Nell'altra era scomparso il poster del cantante e alcuni nastri giacevano sciolti in un angolo. La scena era davvero triste.

Mi vergognavo di quello che vedevo, come se fosse accaduto anche per colpa mia. Forse anche Gabriele provava il mio stesso imbarazzo. In fondo, Claudio era un ragazzo come noi, cresciuto in una famiglia che, per quanto diversa dalla nostra, era comunque più simile alla mia che a quella dell'amico rom. Sentivo però che una caratteristica ci rendeva profondamente differenti: dopo aver conosciuto Elvis era nata in me una maggior disponibilità ad accettare gli altri e a riconoscere nell'altra gente, a volte così diversa da me, qualcuno a noi simile. Ormai io sentivo di avere in Elvis un fratello, quel fratello che purtroppo non avevo.

Ad un certo punto il suo sguardo felice ha interrotto il nostro silenzio: il suo disordine era stato, per una volta, la sua salvezza visto che distante dalle sue kampine, là dove l'aveva abbandonata senza cura, c'era appoggiata per terra, vicina ai bidoni della spazzatura, la sua bici.

La gioia per quel ritrovamento mi ha fatto capire quanto siano importanti alcuni oggetti per noi ragazzi. Infatti si è precipitato a prenderla, montandoci poi sopra velocemente e impennando per la gioia.

– Ehi ragazzi, guardate qui. Sono libero!

– Dove andiamo? – ha chiesto Gabri.

– Dai, seguitemi – ha continuato Elvis.

Dopo le prime svolte, abbiamo capito che Elvis si stava dirigendo al Centro d'aiuto. Si stava avvicinando l'orario di chiusura e la sua famiglia era già tutta lì, intorno ad un tavolo.

– Elvis – hanno urlato in coro i fratellini correndogli incontro. Anche il padre, Tony e Susy erano tornati dal lavoro. C'era anche mia madre che aveva portato da casa un grosso contenitore pieno di insalata di riso, il mio piatto preferito.

– Posso fermarmi qui con loro a mangiare? – ho supplicato subito.

– Va bene, vengo a prenderti tra un'oretta. Tu Gabri, che cosa fai?

– Io devo tornare a casa, mi accompagni tu? Ho una cosa importante da fare.

Usciti loro due, abbiamo chiuso la porta dall'interno con il chiavistello, ma senza abbassare la saracinesca e ci siamo messi a tavola.

Gli adulti parlavano tra loro nella loro lingua e discutevano animatamente. Elvis ovviamente capiva tutto, ma non interveniva.

Io scambiavo con lui qualche occhiata e lui mi ricambiava sorridendo. Anche sua mamma mi sorrideva, mentre i due fratellini piccoli, ormai abituati a me, giocavano a salire e scendere dalle mie ginocchia.

Ad un certo punto la conversazione ha preso un'altra piega, quando il padre di Elvis ha tirato fuori una busta con dei soldi e ha detto in italiano:

– Le persone non sono tutte uguali, né tra i rom, né tra i gagè. Oggi al magazzino hanno fatto una raccolta di soldi per me. Ecco, me l'hanno data e mi è quasi venuto da piangere. Anche tu sei un buon gagè – ha poi aggiunto guardandomi.

– Ed Elvis è un buon amico – ho risposto io.

– *Fala cuce! Ali gola love hi cira pala amare proglemuri* – ha ripreso nervosamente Tony rivolto al padre. – *Nai kai kate nikamenamen. Me provisardem borisaiem but die jag amari kampina.*

– Ma è stata solo una stupidaggine crudele di un ragazzino sciocco! – ho provato a dire io con coraggio, dopo che Elvis mi ha spiegato le parole del fratello.

Quello mi ha guardato con occhi sorpresi per il mio intervento e ha continuato in italiano:

– Ma lo ha fatto perché altre persone pensano che sia giusto così, che sia giusto cacciarci!

Poi, nuovamente rivolto al padre, ha concluso:

– Io ho deciso, me ne vado di qua. Lascio il lavoro e parto. Mi rimetto in viaggio!

La madre, che aveva mantenuto fino a quel punto la sua espressione calma, sentendo quelle parole si è alzata in piedi in tutta la sua imponenza; con occhi fiammeggianti ha iniziato a parlare in romanes al figlio maggiore senza alcuna interruzione, tutto d'un fiato, con il tono di voce di chi comanda e non lascia possibilità di scelte differenti.

Tony ha provato ad interromperla, ma non ci è riuscito.

La madre parlava come un treno e ha zittito il giovane alzando il volume delle sue lamentele e facendolo risedere con lo sguardo basso.

Non sono riuscito a capire che cosa stesse dicendo, ma era chiaro che aveva proibito a suo figlio di partire. Elvis mi ha spiegato poi che alla madre sembrava assurdo che suo figlio perdesse un lavoro che aveva così faticato a trovare.

Per la prima volta quella donna, che mi era sembrata dolce e mansueta, mi è parsa il vero e proprio capofamiglia, quella che teneva le redini della casa.

Ad un certo punto hanno bussato alla vetrina. Sulle prime ci siamo guardati in faccia preoccupati, poi il padre è andato a spiare dal vetro: era la polizia. Ha aperto.

– Buonasera.

– Buonasera – ha risposto il primo dei tre agenti entrati. – Dobbiamo raccogliere i vostri dati; c'è stato segnalato che siete qui per il momento.

– Sì.

– Allora documenti, e permessi di soggiorno!

– Perché ci chiedete i documenti? Non siamo delinquenti. Non abbiamo fatto niente di male... Anzi i veri delinquenti sono quelli che hanno bruciato le nostre roulotte – ha risposto arrabbiato Tony.

– Calma giovanotto. Stiamo mettendo insieme le informazioni su tutti i rom e anche se voi non siete delinquenti, dobbiamo fare più controlli possibili.

– E non sono delinquenti quelli che l'altra volta ci hanno minacciato al campo e che hanno fatto venire in mente al ragazzino di incendiare il prato intorno a noi? Quelli non sono assassini?

– Ho detto calma! – ha tagliato corto il poliziotto, mentre gli altri due scrivevano su varie schede i dati anagrafici di ognuno di loro. – Quelli li conosciamo già e li teniamo d'occhio. Per quanto riguarda il ragazzino è già passato in questura e anche la famiglia è stata chiamata. Gli verrà data una bella lezione.

– Qui è tutto a posto – hanno concluso gli altri due agenti. – Possiamo tornare alla centrale, gli altri del campo li abbiamo già registrati tutti.

Poi la mamma di Elvis è intervenuta con quel suo sguardo

tagliente, la voce bassa e il suo linguaggio insicuro:

– Fate così solo con noi povera gente rom o anche con gli italiani?

Me l'ero chiesto anch'io: perché proprio a loro? Che bisogno c'era di avere tutte quelle informazioni su tutti i rom? Forse non ci sono anche tra noi i disonesti? Eppure nessun poliziotto è mai venuto a casa mia a fare domande o a controllarci.

L'agente non ha risposto. Stava eseguendo degli ordini, ordini che magari neppure a lui piacevano. Infatti, come per far capire il suo dispiacere per quello che gli toccava fare, ha aggiunto:

– So che vi hanno bruciato le roulotte, ma qui, purtroppo, non potete stare. Dovete trovarvi una sistemazione!

Poi se n'è andato con gli altri due.

– Visto!? – ha urlato Tony, battendo un pugno sul tavolo appena usciti gli agenti. – Qui non ci vogliono, non ci vogliono!

Quindi è uscito a fumarsi una sigaretta.

Un attimo dopo ha chiamato Elvis e gli ha parlato a bassa voce nella loro lingua. Io ho visto gli occhi del mio amico gonfiarsi di lacrime, ma non ha pianto: forse non era consentito fra loro maschi dimostrarsi "deboli".

A casa, quando eravamo già a letto gli ho domandato.

– Che c'è? Che cosa ti ha detto tuo fratello?

– Stanotte lui parte, riprende il cammino. Vuole farsi una sua strada, da un'altra parte. Non so dove e neppure lui lo sa.

Poi una pausa ed un lungo sospiro da parte sua.

– Mi ha detto che domani lo devo dire agli altri.

Capitolo 17

Improvvisi cambiamenti

La mattina seguente siamo finalmente tornati a scuola. Dopo tanti imprevisti era piacevole e rassicurante riprendere le vecchie abitudini.

Prima però siamo passati un attimo al Centro. Elvis non riusciva a tenersi dentro per troppo tempo la verità su suo fratello e voleva liberarsene subito.

Elvis si è avvicinato a sua madre e le ha parlato. Lei non è riuscita a trattenere le lacrime e se ne sono accorti anche i due bambini piccoli, che l'hanno guardata tristi. La madre, fissando lo sguardo lontano, verso un punto immaginario, quello in cui poteva ormai già trovarsi Tony, ha sussurrato tra sé queste due parole nella sua lingua:

– *Lacio drom*.

Quindi io e Elvis siamo risaliti in bici e ci siamo diretti a scuola.

– Che cosa ha detto tua mamma a tuo fratello? Che cosa vuol dire "lacio drom"? – gli ho chiesto.

– È un augurio di buon viaggio, di felice e fortunato cammino. Noi rom siamo sempre in movimento e il migliore augurio che ci si possa fare è di non trovare ostacoli sulla nostra strada, anche se non è mai così. Mio fratello però non ha perso la forza di muoversi e di cercare nuovi posti in cui vivere. Io invece ho voglia di fermarmi, non ne posso più di girare, e anche la mia famiglia vorrebbe rimanere.

***

Un rientro festoso in aula era proprio quello che ci voleva per farci passare tutte le malinconie e i brutti pensieri.

Per quel giorno era anche prevista la prova finale dello spettacolo.

Non era la prima volta che preparavamo uno spettacolo a scuola ma, come al solito, quando si avvicinava la data stabilita le insegnanti iniziavano ad agitarsi in modo decisamente esagerato. Forse, se tutto non filava per il verso giusto, avevano paura di fare una brutta figura con i genitori, o peggio ancora con i colleghi. In ogni caso quel pomeriggio durante le prove siamo andati molto meglio; ci siamo anche divertiti e forse è stato proprio quello il motivo della buona riuscita.

In un momento di libertà, Gabri mi ha chiamato in disparte.

– Stasera, verso le sei, fai in modo che Elvis si trovi al Centro con la sua famiglia.

– Perché?

– Forse bolle in pentola qualcosa di importante. C'è di mezzo Mara, ma non voglio dirti di più perché non sapresti mantenere il segreto. Poi, neppure io so tutto...

– Va bene, ci penso io. Sabato però ce ne andiamo tutti e tre a farci una bella partita a pallone... Mi sembra passata un'eternità dall'ultima volta che abbiamo giocato e io ne ho una voglia matta. Non vedo l'ora.

– Già, sembrano passati cent'anni dall'ultima volta che siamo stati al campetto insieme.

Dopo la scuola e un'abbondante merenda a casa, abbiamo perso un po' di tempo guardando la televisione, quindi non è stato difficile portare Elvis al Centro al momento giusto.

La sua famiglia era tutta riunita e non si respirava affatto un'atmosfera serena. Il padre e la sorella avevano saputo della partenza di Tony con una delle due auto di famiglia. Aveva raccolto le sue poche cose, i suoi magri risparmi ed era partito.

A rendere poco allegra la situazione c'era anche il fatto che il padre di Elvis non aveva trovato nessun appartamento da prendere in affitto: nessuna agenzia e nessun proprietario aveva accettato di dare una casa a degli "zingari". Troppa paura, troppa diffidenza.

Dopo un attimo è successo l'inaspettato: sono comparsi Mara, la Giusti e un signore che sulle prime non ho riconosciuto, ma che poi ho subito associato a Mara: era suo padre.

– Buonasera a tutti – ha esordito la Giusti.

– Buonasera – ha risposto a nome di tutti Ugo, sempre indaffarato a riordinare materiali, tirandoli fuori da scatoloni e sacchetti, a selezionare vestiti buoni e usati e taglie diverse da disporre su diversi ripiani, a separare le stoviglie dagli alimenti e dai prodotti di pulizia. – Che cosa posso fare per voi? Ditemi pure.

– Siamo qui per dare aiuto, se ci riesce – ha risposto l'uomo, mentre Mara ci salutava con un piccolo gesto della mano.

Tra loro c'era anche Gabri che si è avvicinato subito a noi, facendomi un cenno di complicità.

– Che ci fai qui? – ha domandato Elvis.

Gabri non ha avuto il tempo di rispondere, perché la prof è intervenuta di nuovo.

– Vorremmo parlare con i signori Bradic. Buongiorno, io sono l'insegnante di matematica di Elvis, vi ricordate di me? Ci siamo visti una sola volta quando lo avete portato a scuola il primo giorno.

– Buongiorno – hanno risposto quasi in coro i genitori di Elvis.

– Questo signore è il papà di Mara, una compagna di classe di Elvis.

– Buongiorno... – si sono fatti eco l'un l'altro.

– È qui per proporvi qualcosa – ha concluso la Giusti.

– Sì. Bene signori – ha cominciato l'uomo con quel tipico

modo da persona sempre impegnata negli affari e un po' frettolosa, – la signora Giusti e... mia figlia – ha detto voltandosi verso Mara, mentre lei, con sguardo furbetto, gli ha stretto la mano, come silenziosa risposta di complicità – mi hanno detto che siete in difficoltà, ma che siete brave persone; inoltre questo altro amico di mia figlia mi ha detto che lavorate, quindi mi posso fidare di voi.

Sul volto di Gabri è comparso un sorriso, segno di orgoglio.

– ...Vorrei quindi proporvi – ha ripreso – di prendere in affitto un mio appartamento. È un po' piccolo: solo due camere, bagno e cucina, ma è tutto in ordine.

– Scusi, non ho capito – ha farfugliato incredulo il padre di Elvis. – Ci ha detto se andiamo ad abitare in una casa sua?

– A pagamento, s'intende! – ha voluto subito precisare l'uomo d'affari per evitare ogni possibile fraintendimento.

– Sì, certo, pagando. Ma lei sa chi siamo noi? Gliel'ha detto sua figlia? Siamo zingari.

– Oh quante storie. Non vi facevo così difficili! Zingari o non zingari l'appartamento ora è vuoto e non capisco perché deve rimanere così, quando posso affittarlo, visto che l'inquilino di prima se n'è andato. Perché devo perdere i soldi dell'affitto?

– Sì, signor Bradic – ha precisato la Giusti. – Ha capito bene: potete andare ad abitare in affitto in una casa.

– E... costa tanto?

– Sul prezzo ci mettiamo d'accordo, ma se lavorate in tre non avrete problemi.

– In due. Uno è partito – ha detto triste la madre di Elvis, che fino a quel momento era stata in silenzio.

– Comunque ora la casa è vuota e qualunque prezzo è sempre meglio che niente. Ora però passiamo al contratto. Vorrei concludere velocemente, se siete d'accordo, e poi... mi pare che anche voi abbiate una certa urgenza.

Mentre padre e madre, aiutati da Elvis che leggeva il semplice contratto in italiano, si mettevano d'accordo con il proprietario, io, Gabri e Mara ci siamo riuniti tra noi.

– Grande Mara! Hai organizzato tutto tu?

– A dire il vero, l'idea è venuta alla prof: sapeva che mio papà ha un vecchio appartamento dei nonni da affittare. Gabriele invece mi ha aiutato a convincere il papà, ma non è stato difficile.

– Bella Gabri!

– Grazie, grazie. In realtà – ha spiegato Gabriele, – suo padre si è preso a cuore la situazione comprendendo i loro problemi. Ha detto che si ricordava di quando i suoi genitori, tanti anni fa, sono arrivati in città dalla campagna: non avevano niente, neppure un posto dove stare... Se non avessero trovato qualcuno che li avesse aiutati, almeno all'inizio, chissà che fine avrebbero fatto.

– Già, bisognerebbe davvero mettersi nei panni degli altri per capirli fino in fondo.

– E dov'è la casa? – chiese la mamma di Elvis.

– I nonni abitavano in questa zona, poco lontano dalla scuola.

– Fantastico! Non poteva andare meglio di così.

In quel momento si è unito a noi anche Elvis, mentre suo padre stava firmando il contratto e prendeva gli ultimi accordi con il padre di Mara, che gli ha subito consegnato un mazzo di chiavi.

– Sarei più contento se fosse qui anche Tony – disse Elvis.
– Forse cambierebbe idea su tutto.

– Adesso allora diventi un gagè – l'ho provocato io con un sorriso.

– Un gagè? – hanno chiesto curiosi gli altri.

– Sì, uno come noi, uno che vive in una casa senza ruote – ho spiegato.

È scoppiata una risata generale, che Elvis ha accolto con un sorriso. Poi ha sentenziato:

– Gagè si nasce e non si diventa. E così rom!

– Rom o gagè, ormai avrai sempre degli amici! – ha detto Gabriele.

– Sì, amici veri! – ha risposto guardandoci tutti quanti con affetto.

Capitolo 18

Gara di solidarietà

Il giorno dopo, di sabato, si è scatenata una vera e propria gara di solidarietà. Ogni compagno aveva saputo gli sviluppi della situazione e aveva portato nella nuova casa di Elvis qualcosa di utile: stoviglie, vestiti, scorte di cibo, detersivi... c'era persino un vecchio registratore con un nastro di Elvis Presley, recuperato chissà dove.

Abbiamo così ascoltato la musica, e il rock'n roll è stato la colonna sonora della giornata. Inutile dire che anche mia madre era là, in prima fila, per dare una mano, mentre la signora Bradic metteva tutto a posto con emozione e felicità.

Elvis, Gabriele e io ci siamo presi l'incarico di andare a prendere le ultime piccole cose rimaste ancora al Centro dopo che la famiglia di Elvis vi aveva dormito per alcuni giorni. Dovevamo poi riportarle nella loro nuova casa.

Arrivati lì ci ha subito colpito una scena: c'era Claudio che, con una spazzola e un secchio d'acqua con detersivo, stava cancellando la scritta offensiva dai muri esterni del Centro.

Appena ci ha visti, ha interrotto il suo lavoro. Ha abbassato lo sguardo come se si vergognasse non solo per il compito che stava svolgendo, ma forse anche per il gesto che aveva compiuto al campo.

– Ciao ragazzi – ci ha salutato Ugo appena entrati.

– Ciao Ugo. Abbiamo visto bene qui fuori?

– Sì, il giudice ha obbligato Claudio a prestare servizio al Centro per un mese, fuori dall'orario di scuola. Chissà, forse cambierà idea e inizierà a vedere le cose in un altro modo –

ha detto speranzoso Ugo. – Tutto bene Elvis nella casa nuova?

– Sì, benissimo. È un sogno.

– Be', allora ti auguro di non svegliarti!

Recuperate le ultime cose e con gli zaini carichi, ci siamo avviati. Dopo alcuni metri Elvis ha detto:

– Aspettate un attimo. Ritorno subito.

Lo abbiamo visto fare dietro front con la bicicletta e tornare dove eravamo appena stati. Poi è successo qualcosa di speciale, che credo non potrò mai dimenticare: Elvis si è avvicinato a Claudio; per un attimo abbiamo pensato che stesse per sferrargli un pugno, invece lo ha chiamato.

Claudio si è girato.

Si sono guadati in silenzio negli occhi per un lunghissimo istante.

Elvis gli ha teso la mano per stringerla in segno di pace.

Claudio l'ha guardata... l'ha afferrata e l'ha stretta.

Poi Elvis ha aperto il suo luminoso sorriso e l'altro ha ricambiato.

Per la seconda volta Elvis, il giovane rom, aveva "messo al muro" il giovane gagè, ma ora tra loro non c'era più ostilità.

Capitolo 19

Il gran giorno

Alla fine il gran giorno è arrivato.

Sembrava impossibile, eppure la nostra classe era riuscita a mettere insieme un recital con i fiocchi. Lo spettacolo sarebbe iniziato alle sei di sera, nella sala teatro della biblioteca pubblica vicina alla scuola. Tutti i genitori erano stati invitati, insieme ai nonni, ai fratelli e agli amici. La sala era gremita, non c'era neppure spazio per chi voleva restare in piedi. All'entrata, la Giusti faceva gli onori di casa, accompagnando tutti ai loro posti.

C'era anche la famiglia di Elvis al completo. La madre indossava il suo abito più bello: un'ampia gonna a fiori e una camicetta bianca; ma ciò che destava l'attenzione di tutti era il morbido scialle di seta rosso fuoco con lunghe frange. Il padre era in giacca e cravatta, mentre la sorella era vestita con semplici jeans e maglietta e teneva per mano Adam e Manuel.

Sbirciando dal sipario, ognuno di noi spiava i suoi; anche Elvis era visibilmente emozionato: lui aveva il ruolo di "primo ballerino" e ciò gli dava una grande carica di responsabilità rispetto alla buona riuscita dello spettacolo. Ma un'emozione fortissima gli è venuta quando ha visto entrare in platea suo fratello maggiore. Gli si sono illuminati gli occhi e sul suo volto si poteva leggere la gioia per quella inaspettata sorpresa.

– È tornato! – mi ha detto, con le lacrime agli occhi.

– Sei felice?

– Sì, non mi è mai successo nella vita di avere tante cose belle tutte insieme.

Tra le quinte regnava comunque il nervosismo. Chi chiedeva insistentemente di andare in bagno; chi riprovava i passi; chi ripeteva la parte recitata o il testo di qualche canzone. Invece di andare in playback, avevamo deciso di cantarle tutte dal vivo, visto che le avevamo imparate in inglese. C'era chi le bisbigliava tra sé passeggiando su e giù e chi invece le canticchiava in coppia con qualcun altro. Le professoresse, intanto, correvano di qua e di là per i controlli finali.

I miei genitori erano seduti nelle prime file, la mamma con un'espressione visibilmente curiosa; il papà invece con uno sguardo un po' pensieroso, che non riuscivo a spiegarmi.

"Problemi col lavoro" ho pensato.

Ore 18.15. La Giusti è salita sul palco. È partito subito un applauso e il fiato si è bloccato in gola a quasi tutti noi.

– Cari genitori e caro pubblico, benvenuti allo spettacolo della seconda C, spettacolo organizzato per festeggiare la fine dell'anno scolastico. I vostri ragazzi stanno crescendo; sembra ieri che li abbiamo accolti ancora bambini e il prossimo anno ci lasceranno adolescenti!

Le parole della prof si sono confuse nella mia mente, mescolandosi come un film di ricordi che mi si sono affollati tutti insieme nella testa. Ricordi lontani e vicini; brutti e belli; tristi e allegri; ricordi che mi facevano improvvisamente capire quanto ero cambiato in quei due anni di vita, ma soprattutto ricordi dell'ultimo anno di scuola.

Ormai mi sentivo diverso da quel bambino che ero all'inizio della seconda. Sapevo anche che questo cambiamento lo dovevo in buona parte a Elvis, o meglio, alla mia amicizia con lui. E sapevo che la musica e il ballo erano stati il collante che aveva tenuto unita la classe, anche nei momenti di difficoltà.

– ... e adesso – ha terminato la Giusti – non mi rimane che augurarvi buon divertimento!

Il sipario si è aperto.

Il compito di rompere il ghiaccio era affidato alla band di cui ero il chitarrista. Suonavamo per finta ma gli strumenti che avevamo costruito erano davvero realistici e noi ci muovevamo come vere star del rock'n roll e cantavamo, aiutati dalla voce di Presley in sottofondo. Avevamo dato sfogo a tutta la nostra fantasia per la preparazione dei costumi, trasformando magliette, giubbotti e pantaloni con carta adesiva a specchio, frange, catene, borchie e spille. Ma soprattutto ci eravamo sbizzarriti nelle pettinature, adattandole all'epoca di Elvis Presley. Le femmine sfoggiavano strane acconciature e si erano divertite a truccarsi come ragazze grandi. Noi maschi ci eravamo spremuti sui capelli quasi un intero tubetto di gel ed esibivamo pettinature strabilianti.

Abbiamo alternato canzoni a brevi testi sulla vita a scuola e su come si cresce meglio insieme agli altri. Abbiamo anche recitato alcune poesie dedicate ai genitori, tanto che si sono sentiti, tra gli spettatori, momenti di commozione. I pezzi però più apprezzati dal punto di vista spettacolare sono stati sicuramente i balli, con Elvis e Mara capifila.

Lui si muoveva come un vero ballerino e mostrava un'evidente disinvoltura. Sembravano proprio una coppia di ballerini affiatati.

L'intero corpo di ballo ha dato il meglio e i due istruttori che sedevano in prima fila erano visibilmente soddisfatti. Il passaggio sottogamba, il pezzo forte di molti balli, ha riscosso applausi ogni volta che veniva eseguito.

Tutto ha funzionato alla perfezione perché ognuno di noi si sentiva davvero libero di esprimersi con il corpo e con la voce, uscendo da quel guscio nel quale ci eravamo chiusi con il nostro atteggiamento sempre un po' sulla difensiva.

Il cambiamento, però, lo abbiamo avvertito anche dentro di noi. Non avevamo solamente imparato ad accogliere un ragazzo straniero, avevamo anche saputo accettare noi stessi con i nostri piccoli difetti e le nostre diverse capacità.

Per l'ultimo pezzo siamo entrati in pista, tutti ben schierati e allineati. Abbiamo ballato a tempo usando i passi base, poi ognuno di noi, presentato dalla Grandi per nome e cognome, si doveva portare al centro del palcoscenico ed esibire un movimento messo a punto personalmente. Tra intrecci con le ginocchia, spaccate o giravolte tutti hanno ricevuto un applauso.

Il momento più emozionante è stato quando è toccato ad Elvis: la prof ha scandito il suo nome, lui si è esibito in un assolo e gli applausi sono stati veramente scroscianti. In quel momento tutti ci siamo sentiti vicini a lui.

Alla fine il pubblico era tutto in piedi e noi abbiamo fatto un inchino tutti insieme, come attori veri e propri. Anche il preside, presente in sala, è venuto a farci i complimenti. È stato un momento magnifico. Non si poteva pensare ad un modo migliore per terminare l'anno scolastico. Alla fine, mamma e papà mi hanno accolto con un grande abbraccio e un applauso tutto per me. Siamo poi andati tutti insieme a festeggiare. Abbiamo preso in prestito la sala mensa della ditta del papà di Mara e ognuno ha portato qualcosa di particolare da mangiare e da condividere.

A parte la solita ma insuperabile insalata di riso della mamma, c'era davvero di tutto. Focacce e pizze speciali, arancini di riso, spiedini di salsiccia, salse al formaggio, tartine di mille colori, lasagne. La signora Bradic ha preparato delle specie di sfoglie dolci al forno ricoperte di zucchero, con dentro l'uvetta, le noci, i pinoli e il miele, che sono davvero andate a ruba, con grande soddisfazione della cuoca (Elvis mi ha detto poi che quel dolce si chiama *baklave*).

La famiglia di Elvis sedeva vicina alla mia ed era sempre più integrata nel gruppo, soprattutto attraverso la discussione del tema della serata: lo scambio di ricette. Molte mamme erano infatti curiose di conoscere gli ingredienti e la preparazione di quella specie di strudel, e la signora Bradic cercava di spiegarlo con il suo italiano un po' impreciso. Chi invece non sembrava avere nessuna difficoltà a comunicare erano Adam e Manuel, che avevano trovato altri fratellini minori con cui giocare.

Ad un certo punto, però, ho intercettato, avvicinandomi per caso al loro tavolo mentre andavo a fare rifornimento, uno strano discorso tra i miei genitori e la prof. Evidentemente non si erano accorti della mia presenza.

– Così la decisione è definitiva? – ha domandato seria la Giusti.

– Sì, abbiamo fatto di tutto per non trasferirci, per cercare di far finire a Nico almeno le medie qui – ha risposto mio padre, – ma non è stato possibile, perché con il lavoro non ho più altra scelta: o rischio di non riuscire mai a stare con la mia famiglia, oppure accetto di lavorare nella sede di Francoforte, portandola con me. E la cosa peggiore è che si ripeterà tutte le volte che mi cambieranno la sede.

– E con quale frequenza le succederà di traslocare in futuro?

– Circa ogni due anni.

– Certo che sarà molto difficile per tutti.

– Già, soprattutto per Nico.

– Nico è cresciuto molto quest'anno; è diventato un ragazzino in gamba, ma non può continuare a crescere bene se non ha una famiglia unita che lo segue, soprattutto a quest'età. E come farete per la scuola? – ha chiesto la prof.

– Ci sono molte scuole italiane in tutta Europa.

– E le sue amicizie?

– Cercheremo di farlo rimanere in contatto con chi vuole lui. Ormai con internet e con i cellulari non si è mai del tutto distanti...

– Io sono sicura che adesso sarà più facile per lui farsi nuovi amici, visto che ha imparato ad accettare gli altri guardando dentro di loro, ma anche dentro a se stesso – ha aggiunto la mamma. – E poi...

Lì si è interrotta perché mi ha notato, immobile e zitto davanti a loro, con gli occhi lucidi e un gran magone in gola. Ecco la spiegazione di quello strano umore di papà: non sapeva come darmi la notizia. Ed ora mi sentivo cadere il mondo addosso.

– Nico! – ha esclamato la mamma, e si è alzata per abbracciarmi, ma io sono scappato via.

Lei mi ha lasciato andare.

Mi sono precipitato fuori.

L'aria era fresca e la sera stellata, ma dentro di me c'era buio senza alcuna luce. Di colpo mi ero ritrovato schiacciato da un peso soffocante. Mi opprimeva il pensiero di dover abbandonare il mio mondo di amici e la scuola; di lasciare i sabati al campetto a giocare a pallone; di non vedere più Gabri, il mio impareggiabile amico d'infanzia, ed Elvis, il mio fratello acquisito, con la sua vita sottosopra ormai intrecciata con la mia. Tutte quelle rinunce mi sembravano impossibili da sopportare; del resto non volevo neppure rinunciare a mio padre, senza il quale non riuscivo ad immaginare la mia vita.

Così le lacrime hanno iniziato a uscirmi abbondanti e inarrestabili dagli occhi.

– Che cosa succede?

Elvis doveva avermi visto uscire di corsa e mi aveva raggiunto.

– Perché piangi?

– Vado via Elvis, la mia famiglia cambia casa, cambia città e continuerà a farlo per i prossimi anni, almeno fino a che mio padre avrà quel lavoro – gli spiegai tra le lacrime e i singhiozzi.

Lui mi ha abbracciato forte. Come altre volte era capitato fra noi, più che le parole sono stati i gesti ad avvicinarci e a portare aiuto all'altro. Mi sono infatti sentito subito meglio, come se una forza speciale, la sua, entrasse dentro di me. Ma questa volta, ancora più forti sono state le sue parole, così semplici, così vere.

Sembravano dette da un adulto, ma erano pronunciate solo da un ragazzino che conosceva già bene la vita, le sue sorprese, le sue difficoltà, ma anche le piccole e inaspettate gioie che essa ci riservava. Quelle parole le ho bevute come una medicina, e hanno avuto subito l'effetto desiderato.

– Amico mio. Fratello... – ha sussurrato come se mi stesse confidando un segreto – ... la vita è un viaggio per tutti e tu stai iniziando il tuo, quasi come un vero rom, mentre io ora vado avanti "da fermo", quasi come un vero gagè.

– Ci siamo scambiati le parti, vero Elvis?

– Già... è così. Ma quando il viaggio inizia ci vuole tanta forza, un po' di fiducia, ma anche gli auguri di una buona fortuna e di un buon cammino. Allora io ti dico "Lacio drom, Nico".

– Lacio drom anche a te, Elvis. Rimarremo sempre in contatto e, appena potrò, verrò qui da te e da Gabri.

– Oppure saremo noi due a viaggiare per venire a trovare te. Ma adesso non pensarci, che non sono le distanze a separare i veri amici. Vieni dentro a festeggiare la fine di un'avventura e l'inizio di una nuova.

– Sì, entriamo.

Siamo tornati in sala camminando abbracciati per le spalle, come si fa in alcune danze gitane.

Tony, vedendoci, ha colto al volo l'ispirazione, ha preso la fisarmonica che si era portato con sé e ha intonato le prime note.

Tutti sono rimasti in silenzio in attesa, quindi Tony ha continuato a suonare. Era una bellissima e ritmata ballata zingara. La signora Bradic si è alzata per prima e ha mosso i primi passi; poi tutti i presenti l'hanno seguita, scandendo il ritmo con le mani e ballando a modo loro. Tra noi ragazzi hanno iniziato Mara, Elvis, Gabri e poi ci siamo uniti anche noi e tutti gli altri.

Io non sapevo se ridere o piangere, sentivo una grande confusione in testa, ma ballavo e ballavo, abbracciato a persone che mi volevano bene e a cui anche io avevo imparato a voler bene. Poco alla volta abbiamo formato un'unica grande catena, anche con mamma e papà, che mi guardavano commossi.

Tony suonava sempre più forte e sempre più veloce e noi ci siamo lanciati tutti insieme, ma ognuno in fondo a modo proprio, in una grande e corale danza di vita e di gioia.

Il mondo dei rom: un'integrazione difficile

Approfondimenti storici
Attualizzazione della tematica
Proposte di lettura
Filmografia

A cura di
Ivonne Mesturini

Panoramica

Le etnie presenti in Italia

Il tema principale del romanzo che hai appena letto è quello delle difficoltà di integrazione di un ragazzino straniero all'interno di una classe italiana, difficoltà dovute, in particolare, al confronto di due culture totalmente diverse, se non opposte, alle quali appartengono i protagonisti della storia: quella italiana e quella rom.

Probabilmente oggi non c'è in Italia una scuola che non abbia alunni appartenenti a nazionalità o etnie diverse, per cui simili problematiche sono all'ordine del giorno. Il problema maggiore riguarda la lingua: i nuovi alunni, com'è logico, hanno difficoltà anche nel comprendere le parole stesse degli insegnanti, tanto più i passaggi logici delle spiegazioni a loro rivolte; ciò spesso rallenta il programma ministeriale che le insegnanti devono portare avanti in tempi stabiliti.

Logicamente quello dell'integrazione è un problema molto importante, difficile da trattare e da risolvere, che investe non solo la scuola ma tutta la società a livello politico, culturale e sociale.

Un problema così urgente, ad esempio, non poteva non essere affrontato anche a livello politico: alcuni anni fa è stata varata in Parlamento una legge per la "tutela delle minoranze linguistiche", legge nata per rispettare le esigenze delle minoranze, cercando di proteggerle e di inserirle nel miglior modo possibile nel contesto socio–culturale del nostro Paese. Si può parlare però di un cammino appena iniziato e ci si augura che nel futuro parecchi problemi possano essere risolti. Convivere nel miglior modo possibile, infatti, ci sembra il miglior augurio per un mondo ormai pienamente globalizzato.

Proponiamo adesso una panoramica, di certo sommaria, su alcune delle innumerevoli etnie presenti in Italia. Per una trattazione completa rimandiamo ai siti internet presenti in rete.

Gli Albanesi

L'antica comunità albanese, detta Arberia, stanziata nel sud dell'Italia, è composta da oltre 100.000 persone. Questi gruppi non sono però localizzati in un'unica area ma dispersi, a macchia di leopardo, su di un territorio che tocca Campania, Molise, Puglia, Basilicata, Sicilia e, soprattutto, Calabria.

Negli ultimi decenni, questa comunità ha dovuto subire forti fenomeni di emigrazione verso le aree più urbanizzate del centro (Marche, Emilia Romagna) e del nord, soprattutto nel Veneto. Politicamente gli albanesi non hanno mai mostrato una particolare vitalità, dando vita ad un'intensa attività di recupero e conservazione della proprio identità.

I Corsi

La comunità di origine còrsa è praticamente tutta concentrata in Sardegna, nell'isola della Maddalena, dove rappresenta la componente maggioritaria su una popolazione di circa 10.000 individui.

Gli Ebrei

Attualmente la comunità ebraica in Italia conta circa 30.000 iscritti suddivisi in decine di comunità tra cui le due principali sono quella di Roma e Milano. A Firenze, Livorno, Torino, Trieste, Venezia e altre città esistono nuclei minori.

I Friulani

Nelle province di Udine, Gorizia e Pordenone è concentrata una popolazione di circa 700.000 persone che parlano dialetti di tipo friulano. Attualmente la minoranza friulana, almeno a livello culturale, è una tra le più attive della penisola e può vantare una delle culture minoritarie meglio conservate.

I Ladini

Il territorio dove attualmente sono vive le parlate ladine comprende alcune zone del Sud Tirolo, del Trentino e del Veneto, per una popolazione di oltre 50.000 individui.

Durante tutta la loro storia le genti ladine hanno subìto le vicende dei gruppi etnici tirolesi e italiani a seconda anche della propria collocazione geografica: il diffuso bilinguismo, se non addirittura trilinguismo, ne è una testimonianza.

Ad Ortisei è attiva "L'Union Generèla Di Ladins dla Dolomites" che si prefigge di tutelare e valorizzare la cultura locale curando i rapporti con lo stato italiano e promuovendo l'utilizzo in ambito scolastico delle varietà dialettali.

Gli Sloveni

In tutta la fascia di confine tra Friuli Venezia Giulia, Slovenia e Croazia sono presenti gruppi sloveni, per una consistenza di varie migliaia di individui. Storicamente le zone hanno seguito percorsi molto diversi. La Slavia Veneta, dopo essere stata soggetta all'Austria, passò al Regno d'Italia nel 1866, mentre Trieste e Gorizia divennero italiane, assieme all'Istria e Zara, solo nel 1919. In questi territori, gli sloveni e gli italiani vivevano mischiati gli uni agli altri e durante il fascismo subirono pesanti tentativi di assimilazione forzata. Nel dopoguerra gran parte del retroterra di Gorizia e Trieste vennero annessi dalla Jugoslavia mentre il territorio di Trieste venne diviso in due zone distinte: la zona A, comprendente Trieste, venne affidata al controllo degli alleati e restituita all'Italia nel '54, mentre la zona B fu assegnata agli jugoslavi. L'annessione dei territori italiani da parte della Jugoslavia e la conseguente repressione portò all'omicidio collettivo di migliaia di cittadini italiani, e all'esodo di massa che coinvolse più di 300.000 persone che cercarono rifugio in Italia. La popolazione slovena rimasta entro i confini italiani ottenne invece la garanzia della tutela della propria specificità culturale e linguistica nel 1954.

I Tirolesi

L'unico vero esempio di tutela linguistico–culturale di una minoranza etnica in Italia è il Sud Tirolo dove le norme sul bilinguismo e la parità dei diritti culturali sono effettivamente applicate. Dopo la fine della Prima Guerra Mondiale nacque la "Südtiroler Volkspartei", un movimento conservatore che chiese immediatamente l'annessione del Sud Tirolo all'Austria. Nel '46, però, fu sancita la nascita della regione a statuto speciale del Trentino–Alto Adige. L'inadempienza del governo italiano, soprattutto in materia di tutela linguistica e organizzazione amministrativa, portò comunque alla protesta popolare e alla nascita del terrorismo in Tirolo. La situazione convinse le parti in causa a nuovi negoziati per la tutela della minoranza tedesca da attivare dal 1971 in poi sotto il controllo internazionale. In questo pacchetto era compresa anche la famosa norma sulla proporzionale etnica che garantiva l'accesso ai posti di lavoro pubblico in funzione della consistenza numerica del gruppo etnico di appartenenza.

Oltre a quelli citati, in Italia ci sono anche migliaia e migliaia di marocchini, di persone provenienti dall'ex–Jugoslavia, di albanesi, filippini, statunitensi, tunisini, cinesi, tedeschi, senegalesi, rumeni e maltesi, più un numero non ben definito di somali, eritrei, polacchi, curdi, e, in generale, di immigrati provenienti dalla maggior parte dei paesi africani, dell'Asia orientale e dell'Europa dell'Est.

Primo piano

La storia del popolo dei rom

L'origine geografica del popolo rom è da ricercarsi nella parte nord–occidentale dell'India; da lì, infatti, provenivano i primi gruppi che dal V secolo cominciarono a migrare verso occidente. Le numerose culture con cui vennero a contatto influenzarono notevolmente i loro usi, i costumi e la lingua, che si arricchì via via di elementi persiani, armeni, slavi, germanici e neolatini.

Tra il X ed il XI secolo i rom giunsero in Europa e qui vennero chiamati con nomi diversi (*Zigani, Gypsies, Gitanos, Zingari, Bohémiens*) anche se le denominazioni giuste sarebbero "Rom", "Manouches" e "Sinti", a seconda del gruppo etno–linguistico di appartenenza.

Dall'arrivo in Europa le difficoltà di convivenza con le popolazioni ospitanti furono sempre molte, aumentate, in seguito, dalla crisi provocata dall'avvento della Rivoluzione Industriale, delle tradizionali attività a cui gli zingari erano dediti.

Il momento più tragico della loro storia coincide comunque con la seconda guerra mondiale e la messa in pratica della "Soluzione Finale" da parte della Germania nazista: essa costò la vita a circa 800.000 zingari.

Anche oggi i problemi e le discussioni sono all'ordine del giorno: le recenti ondate migratorie, provenienti dai Balcani, hanno formato gruppi di diversa provenienza e creato tensioni anche all'interno della stessa comunità. Inoltre la dispersione in vari grandi gruppi, anche molto differenti tra loro, non ha mai favorito le relazioni tra comunità zingare e governi nazionali. Tra i rom provenienti dalla ex Jugoslavia, molti sono "immigrati di terza generazione", ragazzi cioè nati in Italia, da genitori a loro volta nati in Italia; molti di essi, però, non dispongono ancora di una autorizzazione stabile al soggiorno.

In Italia sono presenti anche un gran numero di rom rumeni, arrivati negli ultimi anni, a partire dalla seconda metà degli anni novanta. Durante le riforme economiche post–socialiste in Romania, infatti, i rom hanno perso i loro lavori e subìto fenomeni gravi di discriminazione: espulsione dei minori dalle scuole, roghi delle case, pestaggi. Ciò ha indotto ad un esodo verso i paesi dell'Europa occidentale.

Negli ultimi decenni hanno preso vita alcune strutture confederali come la Comunità Mondiale Zingara, nel 1960, e il Comitato Internazionale dei Rom, nel 1971, al fine di migliorare i rapporti con le nazioni ospitanti e di collaborare con enti sovranazionali come Onu, Unesco o Consiglio Europeo.

Zoom

Le strutture più importanti della società rom

La famiglia

La famiglia è la struttura base della comunità rom, visto che l'individuo, come unità singola, non ha alcun senso. Contrariamente a quanto accade nella nostra società, i figli di solito sono numerosi, anche perché essi devono contribuire al sostegno della famiglia. I figli maschi, dopo una certa età, affiancano il padre nelle attività lavorative e di commercio; le femmine, invece, accudiscono i fratelli minori insieme alla madre. Fondamentale è poi la cosiddetta "famiglia estesa", la "Kumpania", cioè l'insieme di diverse famiglie non unite da vincoli di parentela, ma tutte legate tra di loro in quanto parte dello stesso gruppo.

Il matrimonio

Data l'organizzazione sociale imperniata sulla "famiglia estesa", il matrimonio è quasi sempre frutto di un accordo tra i clan: inizia con la serenata e si conclude con una grande festa.

Esistono poi tipologie diverse di nozze: presso i rom Harvati, ad esempio, il matrimonio è sancito dalla fuga degli innamorati e si conclude con il ritorno al campo della coppia per il riconoscimento ufficiale da parte delle famiglie, nel corso di una festa senza cerimonie particolari; tra i rom abruzzesi il cerimoniale tradizionale è più suggestivo, con un alone maggiormente romantico.

La religione

I rom non hanno una propria religione ma adottano la religione appartenente alle popolazioni locali in cui vivono: considerano infatti la religione come un elemento culturale che deve essere acquisito per realizzare una buona integrazione sociale.

Sopravvive in alcuni gruppi una specie di zoroastrismo, che considera il mondo come una lotta tra il bene, rappresentato da Devel, e il male, simboleggiato da Beng.

Il rito della morte

L'esperienza della morte è da tutti i rom molto sentita. È un evento carico di simboli che non coinvolgono solo la famiglia colpita dal lutto, ma l'intera comunità. Solitamente la veglia attorno al corpo del defunto dura tre giorni e al termine si celebra il rito religioso, in base alla confessione professata.

I Rom Harvati seguono ancora un'antica tradizione: alla morte di una persona cara bruciano la roulotte e tutto ciò che gli apparteneva in vita, e osservano un periodo di lutto molto lungo in cui è vietato pronunciare il nome dell'estinto. Subito dopo viene effettuata la cerimonia religiosa.

Al passaggio del corteo funebre la strada viene cosparsa di fiori.

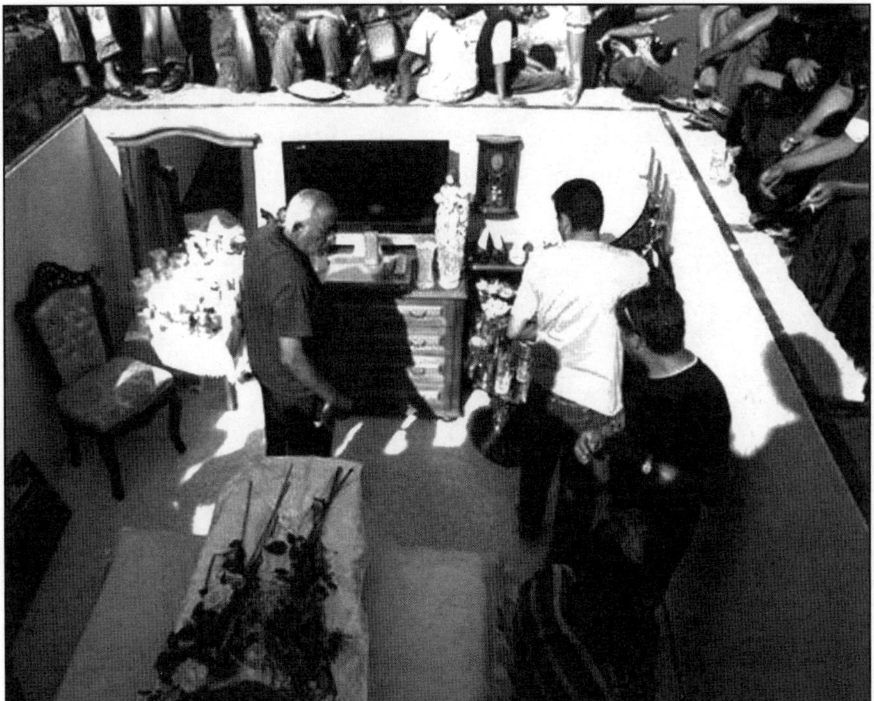

La società

Lo zingaro, per sua natura, sopporta mal volentieri la presenza di un capo. Le uniche gerarchie rispettate sono quelle presenti all'interno della famiglia: l'anziano, il padre o la madre, o l'essere reputato saggio dal gruppo. Gli anziani, in particolare, sono molto rispettati e i figli non li abbandonano mai in quanto conservano la memoria delle tradizioni. Ad essi si fa riferimento quando sorge una discussione nel gruppo.

Un'altra figura di grande rispetto è il *krisnìtori*, che rappresenta la massima autorità giudiziaria della comunità poiché è colui chiamato a presiedere il *kris*, il tribunale degli zingari, formato dai membri più anziani.

La struttura economica

Per comprendere il sistema economico zingaro occorre tenere presente l'ambivalenza del loro "status etnico", ossia il fatto di dover vivere da zingari in un ambiente circostante non zingaro, al quale si adattano per poter sopravvivere.

Questa ambivalenza genera un bipolarismo economico che trova la sua espressione, da una parte nell'esercizio di attività specifiche per lo più complementari o integrative dell'economia dei paesi ospiti (artigianato, commercio, lavori stagionali...), dall'altra nelle pratiche di sfruttamento dell'ambiente circostante, in qualsiasi forma esse si manifestino (accattonaggio, piccoli furti, arte divinatoria...).

Colpo di scena

Tra tolleranza e pregiudizi

Una convivenza difficile

Come è anche ben descritto nel racconto, quello dei rom è da sempre un popolo che vive tra pregiudizi e discriminazioni quotidiane. Fin dal loro arrivo in Europa, i rom vennero considerati stranieri pericolosi e accusati di spionaggio e stregoneria; venivano ritenuti creature diaboliche e spaventose, predisposti al furto per natura.

Pregiudizi e stereotipi di tipo razzista si sono poi verificati frequentemente in Europa, in conseguenza di credenze popolari persistenti che hanno contribuito ad aggravare la discriminazione nei loro confronti.

Anche la cronaca ha contribuito a dare dei rom tale immagine: molti studiosi e esponenti del mondo della cultura hanno infatti denunciato il fatto che nei media italiani l'immagine sociale degli "zingari" viene costruita quasi esclusivamente nel racconto di fatti di cronaca, quasi sempre "nera", piuttosto che nell'ambito di una discussione sulla tutela di una minoranza etnica riconosciuta dall'ONU.

Così le istituzioni che si occupano dei rom si trovano spesso ad affrontare il problema di un'opinione pubblica ostile, orientata a considerare solo i "dati antisociali" e le "statistiche criminali", con la conseguenza di individuare nella condizione dei rom solamente un fenomeno di devianza sociale.

Senza voler dare nessun giudizio di sorta, va comunque riconosciuto che i rom vivono nel mondo dei gagè (rileggi nel racconto la spiegazione di questo termine) ma sono totalmente diversi per modo di fare, cultura, usanze, abitudini; forse sono incompatibili con loro.

Le popolazioni non–rom costituiscono però l'ambiente sociale dove vivono i rom e così si creano quelle difficoltà materiali di convivenza.

È d'altra parte comprensibile come i ricorrenti episodi di cronaca e di piccola delinquenza, in cui si trovano spesso mischiati i rom, susciti diffidenza nei non–rom, con conseguente esclusione sociale dell'intera popolazione.

Secondo l'antropologo Glauco Sanga e il sociologo Marzio Barbagli (che nel suo libro "Immigrazione e sicurezza in Italia" cita a sostegno anche altri antropologi importanti) nelle comunità rom, come anche fra altri gruppi di zingari, rubare ai gagè è non solo ammesso ma considerato positivamente, mentre è vietato e disapprovato rubare all'interno della comunità stessa. Sempre secondo Barbagli e Sanga, infatti, il furto ai danni di un rom non è considerato una colpa molto grave e ai bambini viene insegnato, già da piccoli, a chi è consentito e a chi è vietato rubare, a chi è bene e a chi è male parlare dei furti commessi.

Nel libro "Comunità girovaghe, comunità zingare", lo studioso Leonardo Piasere, approfondendo l'organizzazione produttiva di un piccolo gruppo di rom Khorakhanè accampati presso Verona e dintorni, sostiene che i Khorakhanè provienienti dalla ex Jugoslavia non arrivavano in Europa occidentale per vendere forza lavoro manuale o intellettuale, né per investire un capitale produttivo, commerciale o finanziario, ma al contrario con l'intenzione di vivere attraverso la mendicità e/o il furto. Concatenata a queste tesi è la nascita di tutta una serie di leggende, come quelle degli "zingari rapitori di bambini".

Il fenomeno della devianza minorile dei nomadi, per il quale sono anche state sviluppate in passato delle teorie sociologiche fondate sul giustificazionismo culturale, basate cioè su "una ancestrale tradizione" dei rom al furto, presenta analogie con il fenomeno dell'esclusione sociale dei minori; i bambini, infatti, cresciuti ai margini della società, hanno percentuali molto alte di abbandono scolastico.

Non è questo il luogo per dare giudizi e pareri sul popolo dei rom; non sta cioè a noi dire se i rom siano spesso coinvolti nella piccola delinquenza, nell'accattonaggio e nella carità, perché spinti da motivazioni economiche e dall'impossibilità di trovare una qualche attività legale, o perché, al contario, ciò sia causato dalla loro natura ancestrale. Siamo però convinti che una riflessione e uno studio su questo popolo dal punto di vista culturale, sia utile per avere più argomenti di valutazione.

Dettagli

La tradizione letteraria

Elvis, il protagonista del libro, spiega al suo amico italiano che lui è un rom e tutti gli altri sono “gagè”.

Abbiamo ormai ben chiara la differenza tra un rom e un gagè, ma c’è una poesia particolarmente bella della cultura rom che lo spiega magnificamente. Con essa vogliamo iniziare questa parte sulla letteratura rom.

“CULTURA E TRADIZIONI”

Quale differenza c’è tra un gajè
e un rom?
La stessa che corre tra
l’orologio e il tempo:
il primo segna i secondi, i minuti, le ore:
e tu già sai che dopo le sei verranno le sette,
e poi le sette e mezza,
e poi le otto...
il secondo è il sole e la pioggia, il vento
e la neve...
e tu non sai mai quello che sarà.

La letteratura zingara si basa essenzialmente sulla tradizione orale, tramandata dagli anziani, e solo negli ultimi tempi è stata riportata per iscritto. Da sempre i rom hanno usato la musica e le canzoni per narrare le loro avventure e i propri sentimenti. In esse parlano quasi sempre della loro terra, di fiumi limpidi, boschi verdi, luoghi in cui c’è sempre allegria. Alcune ballate alludono allo stile di vita zingaro e criticano quello dei gagè: in una, ad esempio, si dice che il gagè ha inventato le leggi, mentre è "molto più bella la libertà perché con essa si va dove si vuole". Un'altra ancora dice che i rom sono "come l'erba che si piega sotto il vento e si rialza non appena è passata la tempesta."

Presentiamo adesso una favola tratta dal sito **www.operanomadimilano.org**, convinti che la lettura diretta della letteratura rom è il miglior modo per comprenderla nel modo più profondo.

"Come il rom rimase in vita"

C'era una volta un dannatissimo re, che voleva far scomparire tutti gli zingari del mondo. Perché? Perché avevano un'aria diversa dalla sua e da quella dei suoi parenti, perché parlavano in modo che lui non capiva e questo lo faceva arrabbiare.

Tuttavia sterminare degli innocenti all'epoca moderna non è una bella cosa. Così il re decise di fare degli zingari dei criminali. Sterminare i criminali è tutt'altra cosa! Per una cosa simile lo avrebbero persino applaudito.

Quel re si chiamava Hitler–Tuka; non aveva molto tempo, perché faceva guerre ovunque. Tuttavia trovò un po' di tempo per inventare come fare degli zingari dei criminali. Ordinò di cacciarli dalle città e dai villaggi nei boschi e proibì severamente che nemmeno l'ombra di uno zingaro apparisse in città. Nel bosco avranno freddo e fame, andranno a rubare patate nei campi ed ecco i criminali! Andranno a mendicare nei villaggi ed ecco che avranno di nuovo violato la legge! Che fare di te, piccolo criminale? Sulla forca!

Il re Hitler–Tuka ordinò a tutti i giudici di pronunciare pene corrispondenti, e cioè la forca. E per il giudice che volesse, per caso, mostrare bontà, la forca.

Accadde che nella città di Bardejov catturarono Ferko, il primo violino. Gli misero le manette e lo portarono davanti al giudice.

Il giudice disse: «Niente da fare, alla forca! La legge è la legge».

Ferko pianse, ricordò di aver moglie e figli. Persino i grandi signori intervennero per lui, che era un eccellente musicista. Chi avrebbe suonato il violino ai matrimoni dopo la guerra?

Il giudice era imbarazzato. Non voleva che la gente dicesse di lui che era un cane puzzolente senza cuore umano. D'altra parte non voleva naturalmente andare sulla forca. Disse a Ferko: «Senti, affido la tua sorte ad una forza superiore alla mia. Signori, portatemi un cappello».

I signori gli portarono un cappello.

«E ora guarda bene» disse il giudice a Ferko, «prenderò due pezzi di carta; su uno segnerò una croce, l'altro resterà bianco. Poi li getterò tutti e due nel cappello. Tu ne prenderai uno. Se prenderai quello con la croce, vuol dire che il destino stesso domanda la tua morte. Se prendi la carta bianca, significa che il destino vuole che tu resti in vita».

Poi il giudice comandò ai presenti: «Non guardate, sto per segnare».

Tutti chiusero gli occhi, solo che il buon Dio ha dato a Ferko un occhio che non si chiude bene. E che cosa vide? Il giudice segnò la croce sulle due carte!

È terribile! Con qualunque carta sarò perduto! Che imbroglione, mio caro amato giudice!

«Allora, Zingaro, ecco la tua sorte», disse il giudice passando il cappello a Ferko.

Ferko prese il cappello, e, prima che qualcuno se ne accorgesse, afferrò una carta e l'inghiottì.

«Sei pazzo», gridò il giudice «come sapremo se ti è destinata la vita o la morte?».

«Semplicemente, mio caro e amato giudice», disse Ferko. «Guardate l'altra carta! Se è bianca, vuol dire che ho inghiottito la morte. E se è segnata con una croce, vuol dire che la vita mi è rimasta e che il Destino non vuole che io muoia».

«Quest'uomo ha ragione», gridarono tutti, perché, in effetti, aveva ragione.

Subito presero la carta rimasta nel cappello. Ed evidentemente c'era la croce sopra.

«Niente da fare, la vita è destinata al Rom!»

Così il Rom rimase in vita.

Racconto di Julius Danyo, che l'aveva sentito narrare da Cirai, il vecchio Stropkov.

Per gentile concessione di E. Zinayana – traduzione di Giovanna Boursier.

Interni ed esterni

Ballare serve a guardarsi dentro

Nel romanzo che hai letto il ballo è l'elemento chiave che permette a Elvis di integrarsi perfettamente nella sua classe.

In questo nostro mondo globalizzato, dove gli incontri tra persone avvengono tramite sms, per e–mail, o attraverso facebook, il ballo rappresenta il mezzo preferito dai ragazzi, dagli adulti e perfino dagli anziani, per conoscersi, fare amicizia e stabilire rapporti duraturi.

La grande diffusione del ballo, vedi le molteplici trasmissioni televisive in materia, è dovuta a diversi motivi: individuali e sociali. A livello individuale, il ballo costituisce un'esperienza di incontro e di ascolto di sé, in particolare del proprio corpo, delle sensazioni a volte intense che si provano ballando e delle emozioni che il ballo stimola in noi. Nasce un'opportunità di integrazione che va decisamente nella direzione opposta della dispersione, della rapidità e della frenesia, comportamenti tipici della realtà odierna.

Il ballo, inoltre, avviene sempre in gruppo e questo contesto attiva dinamiche psicologiche profonde. La socializzazione diventa un terreno fertile per approfondire amicizie, scoprire rivalità, sperimentare relazioni.

La relazione maestro–allievo riattiva elementi che hanno le loro radici nel legame primario con i genitori.
Inoltre, ballare in gruppo, di fronte ad altra gente, sviluppa il tema dell'autostima, del sentirsi guardati e giudicati dagli altri, cui ciascuno reagisce con i propri mezzi, che vanno dalla "paralisi", fino all'esibizionismo e all'uso degli altri come pubblico plaudente.

Altra caratteristica positiva del ballo è che esso si fa, normalmente, in coppia. Ballare in coppia significa stare in stretto contatto con l'altro, quindi entrarci in intimità, permettendo all'altro di accedere alla propria. In sostanza, il ballo raffigura e simbolizza la relazione uomo–donna, dal corteggiamento alla seduzione, alla conquista finale.

Secondo Giorgio Broccoli, professore ordinario di psichiatria dell'Università di Modena, "le potenti dinamiche attuate nel ballo sono vissute con un grado di consapevolezza diversa tra persona e persona. Il ballo può essere vissuto e goduto naturalmente come grande occasione di divertimento, di socializzazione e di creatività, ma va sottolineato che la danza da tempo viene usata come strumento diagnostico delle nostre dinamiche psicologiche profonde e dei nostri tratti caratteriali, ed anche della metodologia terapeutica mirata alla conoscenza di sé e al superamento delle conflittualità, in particolare nell'area della corporalità e delle modalità relazionali".

Le teorie sul ballo sono state tratte da: *"Esperienze e testimonianze"* – **www.giornaliscolastici.it**

***

Sempre tratto dallo steso sito, ci sembra utile e interessante presentare anche il seguente articolo, attestante la riuscita esperienza di ballo di gruppo in una scuola media. L'articolo, di appena qualche anno fa, è firmato da due ragazze di seconda media, Ilaria Landino e Cecilia Marra.

"Balli di Gruppo"

Grazie al ballo abbiamo acquistato maggiore sicurezza, sia nell'esprimerci che nel socializzare con gli altri. Ma l'anno prossimo vogliamo vedere ballare anche i maschi!

Secondo la nuova legge, nelle scuole secondarie di primo grado, oltre alle ore curriculari, riservate agli insegnamenti obbligatori, sono previste ore opzionali, nelle quali si svolgono diversi laboratori, fra i quali gli alunni possono scegliere.

Tra i vari laboratori attivati dalla nostra scuola c'è quello dedicato ai Balli di Gruppo, che è diretto dalla professoressa di lettere della IIB e della IIA.

In questo laboratorio abbiamo imparato sia balli moderni e latino americani che balli tradizionali.

Noi ragazze abbiamo scelto di frequentare questo laboratorio perché il ballo ci affascina. All'inizio eravamo timide, impacciate, sia tra noi che nell'eseguire i balli, oggi, invece, ci sentiamo sicure, sia nell'esprimerci che nel socializzare con gli altri, e a volte anche nelle occasioni "non scolastiche".

Per noi ballare vuol dire riuscire a esprimere, attraverso il corpo, delle sensazioni, acquisire una maggiore coordinazione nel ballare, socializzare con ragazze e ragazzi, divertirci in modo sano e mostrare la gioia di vivere che è in noi. La nostra socializzazione, però, è ancora parziale perché nel nostro gruppo i ragazzi non si sono inseriti (forse perché TIMIDI???).

PS. Il prossimo anno vogliamo vedere anche i ragazzi ballare!

Colonna Sonora

Elvis Presley, il Re del Rock

Un mito della musica

All'interno di questa sezione vogliamo approfondire la vita di uno dei cantanti più famosi nella storia della musica di tutti i tempi, Elvis Presley, visto che la sua presenza è così importante nel racconto.

Elvis Aron Presley, nato nel 1935 e morto nel 1977, è stato un cantante, chitarrista e attore statunitense. Può essere considerato uno dei più celebri cantanti di tutti i tempi, fonte di ispirazione per musicisti e cantanti di rock'n'roll, tanto da meritarsi il soprannome di "Il Re del Rock and Roll".

La sua presenza scenica ha avuto un impatto senza precedenti sulla cultura americana e mondiale e i suoi caratteristici movimenti di bacino gli guadagnarono l'altro importante soprannome: "The Pelvis".

Fu stimato da fans, critici e da molte altre personalità del suo tempo, finendo per diventare una vera e propria icona della cultura pop del XX secolo.

In tutta la sua carriera Presley ha pubblicato 61 album, vendendo oltre 1 miliardo di copie in ogni parte del mondo e risultando uno degli artisti di maggior successo commerciale nella storia della musica.

Le origini

Di umili origini, per il suo ottavo compleanno Elvis scelse una chitarra e imparò i primi accordi; dal momento che il padre non riusciva a trovare un lavoro a Tupelo, i Presley decisero di partire alla volta di Memphis, in Tennessee, che in quegli anni era in pieno sviluppo. Elvis ormai era adolescente, ma nella nuova città non riuscì a farsi troppe amicizie. Il suo carattere era schivo e timido, ed era terribilmente attaccato ai genitori, soprattutto alla madre. Il suo look, oltretutto, non lo rendeva affatto popolare tra i compagni di scuola: mentre gli altri ragazzi avevano pettinature in stile militare e t-shirt, Elvis portava i capelli con un ciuffo lungo e con le basette, e vestiva con colori sgargianti acquistando i suoi capi d'abbigliamento a Beale Street, nel cuore di Memphis, dove la gente di colore aveva il suo centro e dove, proprio per questo, poteva trovare ciò che cercava a buon mercato.

Elvis, contrariamente alla maggioranza della popolazione del sud degli Stati Uniti d'America, non faceva distinzioni di razza e frequentava indifferentemente ambienti sia della comunità bianca che di colore. Da qui il suo approccio disinvolto anche con la musica.

Negli anni cinquanta le stazioni radio statunitensi erano nettamente divise tra quelle che trasmettevano esclusivamente musica bianca e quelle di musica nera; Elvis ascoltava

indistintamente canzoni di entrambi i generi.

Per aiutare economicamente la famiglia, Elvis decise di fare il camionista per la Crown Electric di Memphis. Un giorno passando sulla Union Street, vide che alla casa discografica *Sun Records* di Sam Phillips, pagando un dollaro, chiunque poteva registrare un disco da portarsi a casa.

Elvis decise di fare un regalo alla madre per il compleanno e le registrò un disco, una vecchia ballata che aveva sentito per radio. Da lì nacque il mito di Elvis Presley, il Re del Rock!

62

Terminiamo questa sezione con una canzone di Pierò Pelù del 2008.

Leggi il testo con attenzione: vedrai come attraverso la musica il cantautore riesce a raccontare in modo esemplare il mondo dei rom.

Ufo su Firenze

Sono scesi dal cielo
e si sono aggrappati alle nostre porte, ai nostri pensieri,
ai nostri parabrezza.
Sono arrivati di notte con le scarpe rotte,
sbucati come funghi
sotto gli alberi e i semafori.

Ufo su Firenze, Ufo su Firenze,
come un marziano a Roma.
Ufo su Firenze, Ufo su Firenze,
giù le mani dalla città.
Ufo sulla gente, Ufo nella mente,
ogni volta che piombano sul vetro
con quel braccio meccanico e l'altro troppo nero
che chiede spiccioli e prende bestemmie in faccia
o spiccioli e pietà, polvere sottili e un ciao!!
Ufo su Firenze, Ufo su Firenze,
come un marziano a Roma.
Ufo su Firenze, Ufo su Firenze,
giù le mani dalla città.
Ufo sulla gente, Ufo nella mente,
Ufo o Co.Co.Pro,
Chi sarà il prossimo.
Ufo D.I.C.O Co.Co.Pro

Ufo su Firenze, Ufo su Firenze,
e sui cieli d'Italia
Ufo su Firenze troppa strana gente
Giù le mani dalla città
Ufo sulla gente, Ufo nella mente
Extraterreste, extraordinario
Diversi che non consumano niente
Ufo su Firenze
Soli
Tira vento forte
Il deserto è già alle porte
Corri ragazzo laggiù...

Indice

Gli autori dei testi della collana “Il Mulino a Vento”
sono disponibili a effettuare incontri con le classi
interessate al progetto lettura, organizzati da scuole,
librerie o altre istituzioni.
Per ogni informazione

www.ilmulinoavento.it

info@ilmulinoavento.it